KB063505

출발선 뒤의 초조함

박참새 대담집

일러두기

1. 본 대담은 문화예술 큐레이션 플랫폼 'ANTIEGG'와 창작자들을 위한 공간을 지향하는 '집무실'이 함께 만든 것으로, 2021년 6월 공개되었습니다.

2. 각각의 QR코드를 통해 대담을 영상으로도 함께 감상하실 수 있습니다.

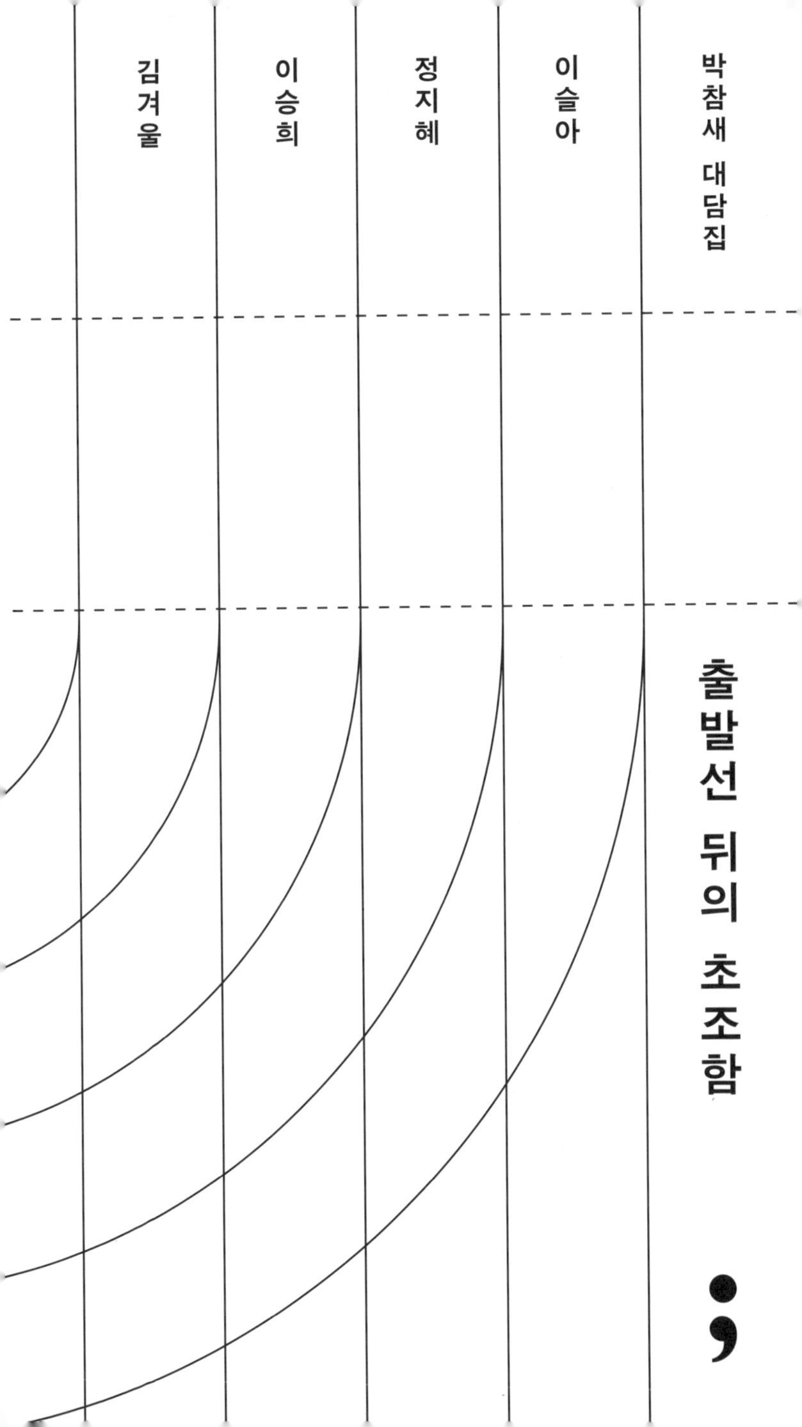
박참새 대담집
이슬아
정지혜
이승희
김겨울
출발선 뒤의 초조함
;

하는 마음

출발선 뒤에 선 자의 마음을 헤아려보자면 어떤 마음일까요.
아마도 '초조함'이지 않을까 싶습니다. 출발선에서 기다리는
것은 출발 신호겠죠. 하지만 늘 그렇듯 출발 신호는 내가 원하는
타이밍에 울리지 않습니다. 심지어 우리는 출발선에 서겠다는
것조차 선택한 적이 없고 결승선을 향해 달려가는 과정에는 내
의지대로 뛰어넘을 수 없는 장애물이 있습니다.

이번 대담집 『출발선 뒤의 초조함』은 이러한 마음을 담았습니다.
대담을 이끈 박참새를 비롯한 수많은 시작을 앞둔 사람들이 같은
상황에 처해 있을 것입니다. 이번 대담을 통해 출발선 뒤에 선
자로서 이미 앞서 달려가고 있는 이들을 만나 대화하고자 합니다.
출발선 뒤에서 던지는 물음을 통해 여러분도 결승선을 향한
첫걸음을 내딛길 희망합니다.

ANTIEGG에서,
형운 드림

소설 『노인과 바다』의 저자 헤밍웨이에게 열정과 영감을 불어 넣어주던 공간 '라 보데기타(La Bodeguita)'에 대해 들어보셨나요? '라 보데기타'는 칠레 시인 네루다, 전 대통령 살바도르 아옌데도 사랑한 쿠바 아바나의 술집입니다.

우리 사회의 라 보데기타 같은 공간은 어디일까 생각했습니다. 만약 '집무실'이 앞으로 나아가는 이들에게 의미 있는 시간을 선물하는 존재가 된다면 어떨까요? 출발선을 넘어 나아간 누군가가 성취의 순간을 맛보았을 때 우리를 떠올린다면 정말 뿌듯하고 보람될 것 같습니다.

요즘 창작자들에게는 여느 때보다 '뛰어남' 혹은 '유명세'가 요구되는 듯싶습니다. 이러한 요구는 창작자로 하여금 시작조차 하지 못하게 만듭니다. 그러나 길지 않은 인생에서 무엇을 창조하겠다는 개인의 의지는 분명 소중하며 존중받아 마땅합니다. 집무실은 이러한 창작자들에게 안온한 보금자리이자, 열정과 영감을 선물할 '라 보데기타'가 되었으면 합니다.

공간은 어떤 사람들이 오가고 머무느냐에 따라 성격이 규정됩니다. 저는 무엇보다 '만들어가는' 사람들이 집무실을 사랑해주면 좋겠습니다. ANTIEGG와 함께 준비한 이번 짧은 대담을 통해 많은 창작자분들이 출발선 뒤의 초조함을 극복하고 건강한 시작을 이루어가기를 소망합니다.

집무실에서,
김성민 드림

시작하는 마음

내가 아는 새에게는 둥지가 없다. 묵직하게 한자리를
지키는 안식처는 없지만 그 애는 이리저리 날아다니느라
바쁘다. 가끔은 혼자라는 생각에 문득 슬퍼하는 것 같기도
하다. 그래도 그 애는 운이 좋아서, 무리가 있다. 다르기에
비슷한 새들 여럿과 어울려 잘도 쏘다닌다. 그렇게 작은
세력이 만들어진다. 이제 그 애는 가끔 혼자이지만 자주
함께다. 나는 새가 되고 싶었다.

그런데 너무 무서웠다. 방금 막 태어난 것처럼, 그래서
걷는 방법조차 모르는 것처럼 아찔한 기분이 들었다. 내가
지금 어디에 있는지도, 앞으로 어디에 있을지도 모르겠고,
정말이지 영영 모를 것 같았다. 그래서 묻고 싶었다. 앞서
걸어나가고 있는 저 사람에게, 당신의 처음은 어땠냐고,
혹 두렵지는 않았냐고, 나 역시 잘할 수 있겠느냐고.
내일을 붙잡는 마음으로 묻고 싶었다.

이 책은 그런 마음을 가진 많은 이들을 위해 시작된
대화들을 엮은 것이다. 저마다의 새롭고, 지루하고,
따분하고, 긴장되며, 징그럽고, 끝없이 계속되는 출발
앞에서 느끼는 당연한 두려움에 대한 이야기다. 당연한
의연함 역시 없음을 말하는 대화이다. 나와 다른 네 명의
사람이 같은 공포를 딛고 계속 걸을 수 있었던 강인함에
대해 나눈 말들이다. 김겨울, 이승희, 정지혜, 이슬아는
기꺼이 되돌아보며 말해준 사람들이었고, 나는 묻고 듣는

사람이었다. 우리가 고르게 얽혀 있는 책이다.

반복될 수 없는 유일한 과거가 되어버린 대화를 새로 엮어보는 지금, 사실은 그 누구보다 내게 필요했던 말이었음을 다시금 깨닫는다. 출발선 뒤에 서 있는 당신 역시 조금 더 대범해지기를 바라지만, 가장 먼저 내가 대범해질 수 있기를 바랐던 것이다.

처음에는 잘 몰랐다. 이들과 나눈 대화가 내게 어떤 모양새로 남아 살아 있을지. 말에는 형체가 없으니 그저 지나갈 수도 있을 것이라 생각했다. 하지만 애초에 생각한 것보다 자주, 나는 우리의 대화와 장면을 시시때때로 곱씹고 있었다. 스스로에 대한 의심이 들 때마다, 주저할 때마다, 새로움 앞에서 작아질 때마다 그들이 내게 심어준 작은 용기를 자꾸만 들추어보고 키워가고 있었다. 우리가 나눈 말들은 내 안에서 저마다의 형체를 만들어나가고 있던 것이다.

사실 달라진 건 별로 없다. 무언가 새로운 일을 앞두고 있을 때면 여전히 세상이 무너질 것처럼 두렵고 초조하다. 하지만 정말 조금 더 나아진 게 있다면 이제는 도움을 청할 줄 알게 되었다는 거다. 두려울 때, 출발 신호를 기다리느라 몸이 한껏 웅크려질 때, 그래서 이완이 필요하지만 혼자의 힘으로는 도저히 안 될 것 같을 때,

이제 나는 기꺼이 손을 내민다. 당신의 이야기를 들려줄 수 있겠냐고, 나를 도와줄 수 있겠냐고 말이다.

고마운 이름이 많다. 미흡하게 나열하다가는 누구 하나를 빠뜨리는 불상사가 분명히 생길 것이다. 우리가 조금이라도 닿아 있다면, 당신은 내게 참 고마운 사람이다.

차례

나의 못남을 견디기

김겨울

16

달리기를 말할 때 내가 하고 싶은 이야기

이승희

72

나를 움직이는 사랑

정지혜

124

나도 모르는 용기

이슬아

188

나의 못남을 견디기

김겨울

사진: 여나영

글과 음악 사이, 과학과 인문학 사이,
유튜브와 책 사이에 서서 세계의 넓음을
기뻐하는 사람. 고려대 심리학과를
졸업했다. 유튜브 채널 〈겨울서점〉을
운영하고 MBC FM 〈라디오 북클럽
김겨울입니다〉 DJ로 활동 중이다. 문학도
쓰고 철학도 공부하고 음악도 만들고
과학도 좋아하고 춤도 춘다. 궁금한 것이
많고 하고 싶은 게 많아 어디 한곳에 속하지
못하고 경계를 이리저리 넘어 다닌다.

나는 시인들을 모두 죽은 사람이라고 생각하는 편이다.
시를 너무나 사랑해서, 그만큼 사랑하기 때문에 필요 이상으로
가까이 다가가고 싶지는 않아서, 혹 그러다 의도치 않게 속상할
일이 생길까 봐, 그러다 그 마음이 다 시들게 될까 봐 그렇다.
마음을 다해 좋아하면 그러고 싶어진다. 건강하게, 서로를
존중하면서, 약간은 멀찍이서, 그저 바라보며 상대를 읽고 싶은
마음. 그래서 나는 김겨울에게도 약간의 거리를 유지하고 싶었다.
그는 내게 선망의 대상이자 나아가고픈 길이기도 하면서, 너무나
이상적인 사람이었다. 게다가 내가 잘하고 싶은 일을 이미 모두
잘하고 있는 사람 앞에서 나의 밑천을 들키고 싶지 않은 일차원적
마음도 있었고.
그런데 어느 날, 우연히 그가 출연한 방송을 듣게 되었다.
그의 일곱 번째 책, 『책의 말들』 출간을 기념하는 자리였다.
아무도 모를 작은 축하를 같이 전하고 싶다는 마음으로 계속
들었던 것 같다.
대학을 졸업하자마자 홀로의 일을 시작해야겠다고 다짐했던
그에게 불안이나 초조 따위의 단어는 어울리지 않을 것이라
생각했다. 그런데 그때, 김겨울이 말했다. "친구들에게 나를 위한
5,000원을 항상 남겨두라고 말하고 다녔어요. 제가 언제 망할지
모르니까, 그때가 되면 밥 한 끼라도 사달라고요."
당장의 그가 너무나 빛나 보였던 나머지, 그의 처음 같은 것을
상상해보려 시도조차 하지 않았다. 그가 웃으며 고백하는 순간,
내 밑천이 드러나는 일 따위는 더 이상 문제가 아니었다. 그것을
내보이는 한이 있더라도 그를 만나고 싶었다.

우리는 김겨울을 안다. 화면 속 명랑한 김겨울을, 음성 속 차분한 김겨울을, 책 속에서 견고한 문장을 만들어내는 김겨울을, 여럿이지만 하나인 김겨울을 말이다. 다양한 자아를 수행하면서도 김겨울은 자신을 잃지 않는다. 언어로 노래하는 그만의 방식에서 흘러나오는 어떤 중심의 힘. 그것을 닮고 싶었다. 그런 마음으로 책 너머의 김겨울을, 사람 김겨울을 만나 물었다. 그는 명랑하고 때때로 고요했다. 그리고 말했다. "나의 못남을 조금 견뎌야 한다."고.

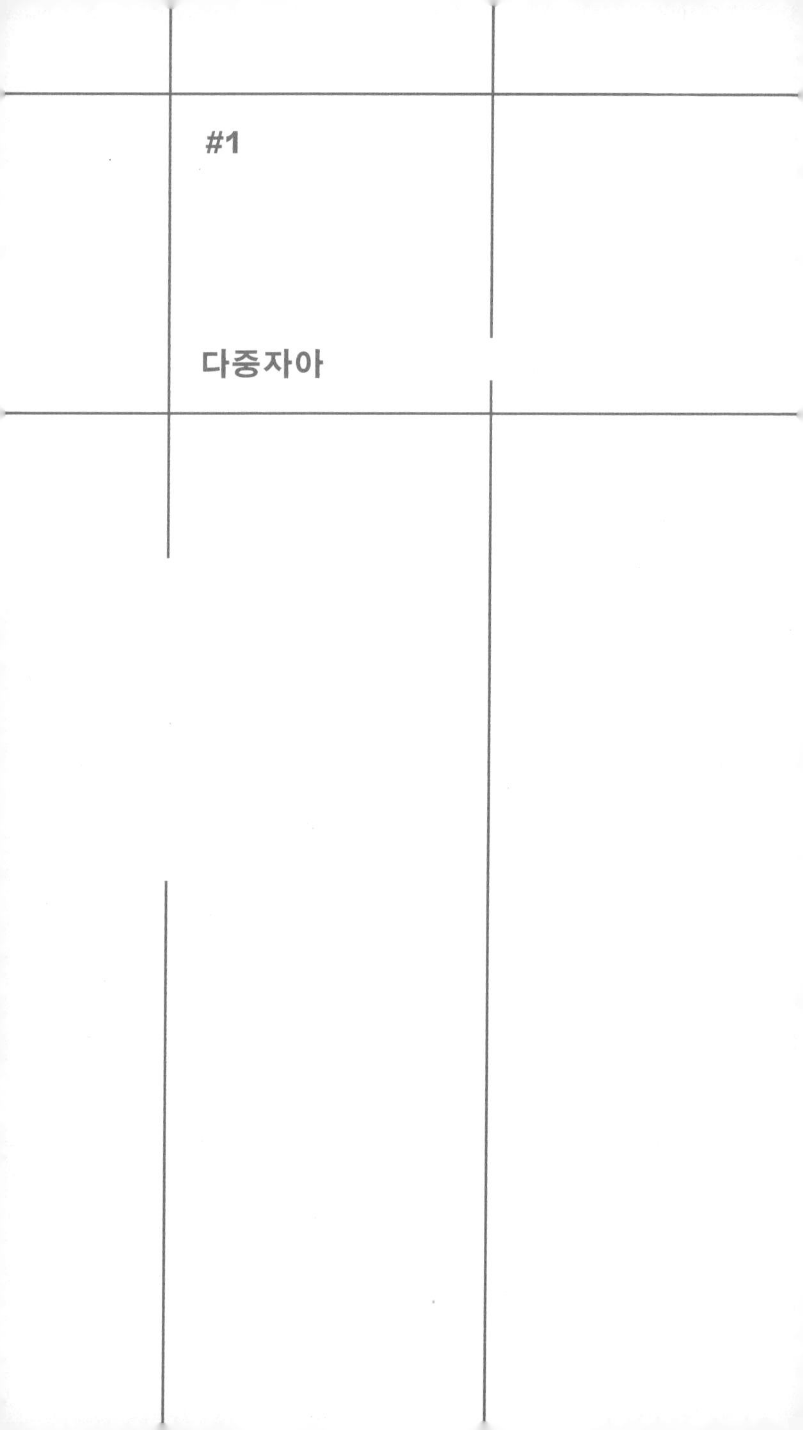

#1

다중자아

동사를 무력하게 만드는 힘

김겨울을 주어로 두면 동사는
아무래도 무관해질 때가 많다.
김겨울은 쓰고, 말하고, 읽고, 추고,
치면서, 감응하고, 기뻐하니까.
문장을 결정하는 데 있어 큰 부분을
차지하는 동사를 무력하게 만든다는
건 어쩌면, 너무나 경이로운 일이
아닐까. 이렇게 많은 동사를
마음껏 누비고 다니는 김겨울이
나는 궁금했다. 그렇게 말들을
활보하는 기분은 어떤지, 김겨울
속의 김겨울들이 서로 잘 어울려
지내는지를 말이다.

참새 겨울 님을 한 단어나 한 문장으로 정확하게 표현하기란 어려운 일일 것 같아요. 책을 소개하는 유튜버이자 라디오 DJ이자, 그리고 글을 쓰는 작가이자, 여러 행사를 종횡무진하는 진행자이기도 하면서, 또 노래를 만들고 부르는 싱어송라이터이기도 하고, 그리고 춤도 잘 추고, 피아노도 잘 치고, 독일어 공부도 하고. (웃음) 정말 다채로운 자아를 수행하고 있는데요. 이렇게 다양한 캐릭터로 살아가는 게 본인의 성격과 잘 맞나요?

겨울 네, 잘 맞아요. 모두 다른 갈래로 보여서 그렇지 사실은 다 '김겨울'이라는 통합된 자아 안에 있는 것들이거든요. 유튜브 하고 라디오 하고 책 쓰고 하는 것이 모두 언어를 다루는 일인 것처럼요. 그러다 보니 이렇게 다양한 일을 하는 게 분산되어 있는 것처럼 느껴지지는 않아요. 물론 각각의 일에 필요한 능력은 조금씩 다르긴 하지만요. 크게 위화감이 있거나 힘들거나 그렇지는 않습니다.

참새 저는 팟캐스트를 만들고 진행하고 있는데요. 팟캐스트가 다른 요소가 없는 순수 오디오 매체잖아요. 그래서 저는 왠지 모르게 유튜브와는 극단에 있다고 느껴져요. 그런데 저는 영상 속의 김겨울은 김겨울대로, 또 라디오 속의 김겨울은 김겨울대로 어떤 고유함을 잃지 않는, 그러니까 매체에 따라가지 않는다는 느낌이 들었거든요. 본인만의 느낌을 잃지 않고 콘텐츠를 끌어갈 수 있는 힘에 대해 여쭙고 싶어요.

겨울 저는 이 질문을 보고 약간 의외라고 생각했어요. 왜냐하면 저는 유튜브와 팟캐스트가 되게 비슷하다고 생각하거든요. 제가 유튜브를 처음 시작하게 된 계기도 라디오를 진행하다가 콘텐츠를 만드는 게 재밌어서 뭔가를 해볼까 생각한 것이거든요. 저도 팟캐스트를 생각했었어요. 근데 당시 제가 유튜브를 재밌게 보고 있었으니까, 유튜브를 해보면 어떨까 해서 자연스럽게 이어졌죠. 저에게는 영상과 음성이 그렇게 극단적으로 다르게 느껴지지는 않아요. 그렇게 생각하는 게 제 채널에도 반영이 되는 거겠죠. 제가 팟캐스트를 했어도 〈겨울서점〉과 크게 다르지 않았을 것 같아요. '하고 싶은 대로 한다.'는 큰 기조 아래에서 두 가지를 다 하고 있기 때문에 괴리가 크지 않은 게 아닌가 싶습니다.

참새 제가 유튜브를 선택하지 않은 건, 노출에 대한 부담감이 엄청 심했던 것 같아요. 얼굴 없는 캐릭터로 살아가고 싶다는 생각이 컸고, 또 혼자 이야기를 했을 때 가장 잘할 수 있다고 느껴서 팟캐스트를 선택했죠. 그런데 책에도 쓰셨잖아요, 유튜브를 시작했을 당시에는 팟캐스트가 포화 상태였다고요.

겨울 맞아요.

참새 언제였죠…? 저는 팟캐스트를 하면서 시장이 붐빈다는 느낌을 받아본 적은 없거든요.

겨울 아, 그래요? 저는 항상 팟캐스트는 늘 사람이 많다고 느꼈어요.

참새 내 거에만 없나? (웃음)

겨울 (같이 웃으며) 제가 팟캐스트를 되게 오래 들었어서 그런지, 팟캐스트에는 왠지 항상 사람이 많고, 제가 좋아하는 사람들도 팟캐스트에 되게 많다는 그런 감각이 있었거든요. 그런데 이동진 평론가님도 유튜브로 넘어가셨죠.

참새 〈지대넓얕〉의 채사장 님도 유튜브로 넘어가시고요.

겨울 이제는 다들 유튜브로 왔구나, 저는 오히려 그런 느낌을 받아요.

참새 지금… 유튜브를 하기엔 늦었겠죠?

겨울 (진짜 진지하게) 그 얘기가, 5년 전에도 똑같이 나왔었어요.

참새 (웃는다)

겨울 이미 유튜브는 너무 레드오션이다, 제가 유튜브를 시작할 때부터 계속 나왔던 얘기인데. 5~6년째 똑같이 이야기하고 있더라고요.

참새 저도 이번에 얼굴을 공개한 김에 고민하고 있거든요. (웃음) 그런데 편집의 노고가 너무 커서 엄두가 안 나더라고요.

겨울 맞아요. 팟캐스트랑 유튜브는 편집에 들어가는 수고의 차이가 너무 커요.

참새 돈을 많이 벌면 해야겠다, 그런 생각을 하고 있어요. (웃음)

겨울 님은 책을 많이 쓴 저자이기도 하잖아요. 공저까지 포함하면… 여섯 권이죠?

겨울 더 많습니다. 단독 저서가 네 권이고, 공저까지 포함하면… 일곱 권*이에요.

참새 제가 하나 놓쳤군요. 완벽하게 준비했다고 생각했는데.

저는 겨울 님 책을 읽으면서, 물론 알고 있었지만, 더 깜짝 놀랐어요. 왜냐하면 문장들이 너무 단단한 거예요. 좋은 쪽으로 단단하다고 느꼈어요. 말과 글은 같은 맥락에 있지만서도, 너무 다른 것일 때가 있잖아요. 무엇 하나가 수월하면 다른 하나가 버겁게 느껴질 때가 종종 있는데요. 그런데 겨울 님은 둘 다 너무 잘하는 거죠! (웃음) 책 읽으면서 '아, 이거 참 공평하지 않다.' 그런 생각을 했는데요. 작가로서의 김겨울은 어때요? 말하는 김겨울과 어떻게 비슷하고, 또 어떤 점이 다른지 궁금해요.

겨울 저는 제 본령이 글쓰기에 있다고 생각해요. 제가 느끼기에 저에게 조금 더 가깝고 오래된 자아는 글 쓰는 김겨울이에요. 글 쓰는 게 너무 익숙하고 중요한 일이었고, 그걸 바탕으로 말하는 능력도 파생되었다고 생각하고요. 사실 말하는 것도 글쓰기와 아예 연관이 없지는 않잖아요. 둘 다 언어와 관련된 거니까요. 그동안 책을 읽고 글을 쓴 것도 말하는 능력을 개발하는 데 도움이 되더라고요. 이 정도의 연관 관계가 있는 것 같아요.

*그 이후 세 권의 공저를 더 출간하여, 총 열 권이 되었다.

(잠시 생각하더니) 뭐, 근데, 둘 다 저죠.

참새 말하는 능력이 습득된 거라고 하시니까 왜인지 모르게 알 것만 같아요.

겨울 후천적으로… 방송을 위해 개발된 부분이 조금 있고, 하다 보니까 조금 나아진 것도 있어요. 계속하면 늘잖아요.

참새 그럼 지금 초반의 영상들 보면 어떠세요? '확실히 조금 나아졌다.' 그런 생각 하시나요?

겨울 많이 나아졌죠. 비교가 안 되죠. 못 봐요.

참새 (크게 웃으며) 아, 정말요?

겨울 초반 영상들 보면요, 제가 편집으로 문장을 만들어내는 경우도 있어요. 비문을 만들지 않으려고 단어 단위로 잘라서 편집을 한 적도 있고요. 처음 3년 정도는 편집을 제가 거의 다 했는데요. 편집을 하다 보면 말하는 게 늘어요. 내가 말하는 걸 계속 들으면서 편집을 하게 되니까요. 말하면서도 들으면서도 많이 늘었죠.

참새 저는 제 방송을 자주 듣지는 않지만, 저도 초반에 했던 에피소드를 들으면서 비슷한 생각을 해요. 매번 하면서 감각이 되더라고요.

제가 좀 나아지고 있다는 게요. 그래서 참 다행이라고 생각합니다. (웃음) 계속한다고 해서 나아지지 않을 수도 있잖아요. 물론 대부분 나아집니다.

그리고 최근에 장기하 씨가 새로운 별칭을 하사하셨는데요.

같이 출판계의 오프라 윈프리.

참새 사실 어떤 한 자리를 끌고 간다는 일이 쉽지 않잖아요. 부담도 많이 되고, 준비할 것도 되게 많으니까요. 겨울 님은 진행자로서의 자아도 잘 정착된 것 같아요. 첫 떨림의 기억이 있을까요? 예를 들면, '이 행사는 너무 크다.' '이 행사는 내 그릇에 안 맞다!' 그런데 덜컥 받아버려서 너무 떨리고 두렵고 무서웠던… 그런 기억이 있으실까요?

겨울 2020년 즈음에 그런 적이 있었어요. 그땐 어쨌든 유튜브를 몇 년 한 상태였고, 여기저기 행사도 많이 했고, 어느 정도는 어디 가서 진행으로 큰 실수를 하거나 되게 많이 부담되거나 그러지는 않은 때였어요. 익숙해지고 있는 때였는데요. 그해 4월에 JTBC에서 유튜브 채널 진행을 했어요. 저랑

'천재이승국'이라는 유튜버 둘이서 도합 서너 시간 정도 JTBC 선거 방송을 진행한 거예요.

참새 쭉 라이브로요?

겨울 네, 생방송으로요. 동선도 있고, 중간 대본도 다 있는, 조금 규모가 큰 진행이었어요. 그리고 중간에 JTBC 본방송 연결도 있었고요. 처음에는 재미있을 것 같아서 하겠다고 했죠. 다시없는 경험이잖아요. 언제 그런 경험을 해보겠어요. 사전 촬영도 몇 번 있었어요. 그리고 당일 리드 멘트를 다 제가 하기로 이야기가 됐어요. 저는 리드 멘트를 잘하기 때문에 제가 잘할 수 있는 걸로 인정받고 싶었어요. 그런데 그날은 진짜… '아, 이거 실수하면 진짜 큰일 나는데. 이거 뉴스 공식 채널로 나가고 있는데. 그리고 지선도 아니고 총선 방송인데.' 약간 미치겠는 거예요. (웃음) 그날 엄청나게 긴장했던 기억이 있어요. 그런데 실수 없이 잘 끝났습니다.

참새 어떻게 대처하셨어요?

겨울 그냥 해야죠, 뭐.

(일동 폭소)

참새 제가 너무 바보 같은 질문을 했네요. 마치 김연아 선수한테 연습할 때 무슨 생각 하냐고 하는 것처럼….

겨울 (웃으며) 그냥 하는 거죠. 시간이 주어지면, 주어진 대본대로.

참새 그때 확실히 큰 경험을 하시고 나서, 이후의 일들은 약간… "쓰읍, 할 만하네?"

겨울 네, 그 일로 인해 스스로 레벨업하는 느낌이 들었어요. 스킬 자체는 크게 달라진 건 아닌데, 경험적으로요. 태도적인 측면으로도 여유가 조금 생겼죠.

참새 그러면 어떤 자아가 겨울 님을 가장 긴장하고 또 움직이게 만드는지도 궁금해요.

겨울 긴장하게 만드는 거랑 움직이게 만드는 거랑 조금 다른 것 같은데요. 긴장하게 만드는 건 아무래도 방송하고 진행하는 일들이에요. 왜냐하면 혼자 하는 건 혼자 망쳐도 되는데, 방송이나 진행은 내가 못하면 같이 하는 사람들과 초대 게스트와… 모든 게 다 어그러지니까요. 나 혼자 못하고 마는 거랑 다르잖아요. 그래서 아무래도 그런 식의 방송을 할 때는 항상 긴장하게 돼요. 특히 생방송 할 때는… 진짜… 미칠 것 같은 게 있어요. (웃음) 그런데 저는 긴장해도 겉으로 티가 잘 안 나기는 해요. 그래도 방송할 때는 긴장하는 편이죠.

움직이게 만드는 건 아무래도 유튜브 하는 일 같아요. 적극적인 기획을 요구하는 매체다 보니, 기획도 열심히 해야 하고 자료 조사도 열심히 해야 하고 찍을 때도 텐션을 올려야 하고 그런 게 있어요. 야외 촬영을 하는 경우도 있고요. 그러다 보니 유튜브를 할 때는 몸이든 마음이든 많이 써야 하는 게 있죠. 아무래도 글을 쓰는 건 매우 정적이고 혼자 하는 일이고요.

참새 예전에 인터뷰하신 걸 봤는데, 인터뷰 의뢰가 들어오면 긴장이 너무 많이 되어서 그 전날부터 잠을 설치신다고요. 왜냐하면 내담자와의 친밀함, 즉 라포(rapport)를 형성해서 깊은 인사이트가 있는 대화를 내가 끌어내야 할 것 같은 부담감 때문에 그렇다고 하셨는데요. 저는 한 달 전부터…

겨울 (크게 웃는다)

참새 떨려가지고… 근데 그 인터뷰를 보면서, 다들 그렇구나 했어요.

겨울 다 똑같아요. 저도 작가 인터뷰 잡히면, 그분의 작품을 최소한 세 편 이상 읽어보는 게 원칙이거든요. 그래야 무슨 말을 알아듣고 얘기할 거 아니에요. 그러면 저도 한 달 전부터 달달 떠는 거예요. 책 다 찾아서 읽으면서….

참새 저는 다 읽었습니다.

겨울 (웃으며) 아유, 감사합니다. 적지 않은 책이었을 텐데요.

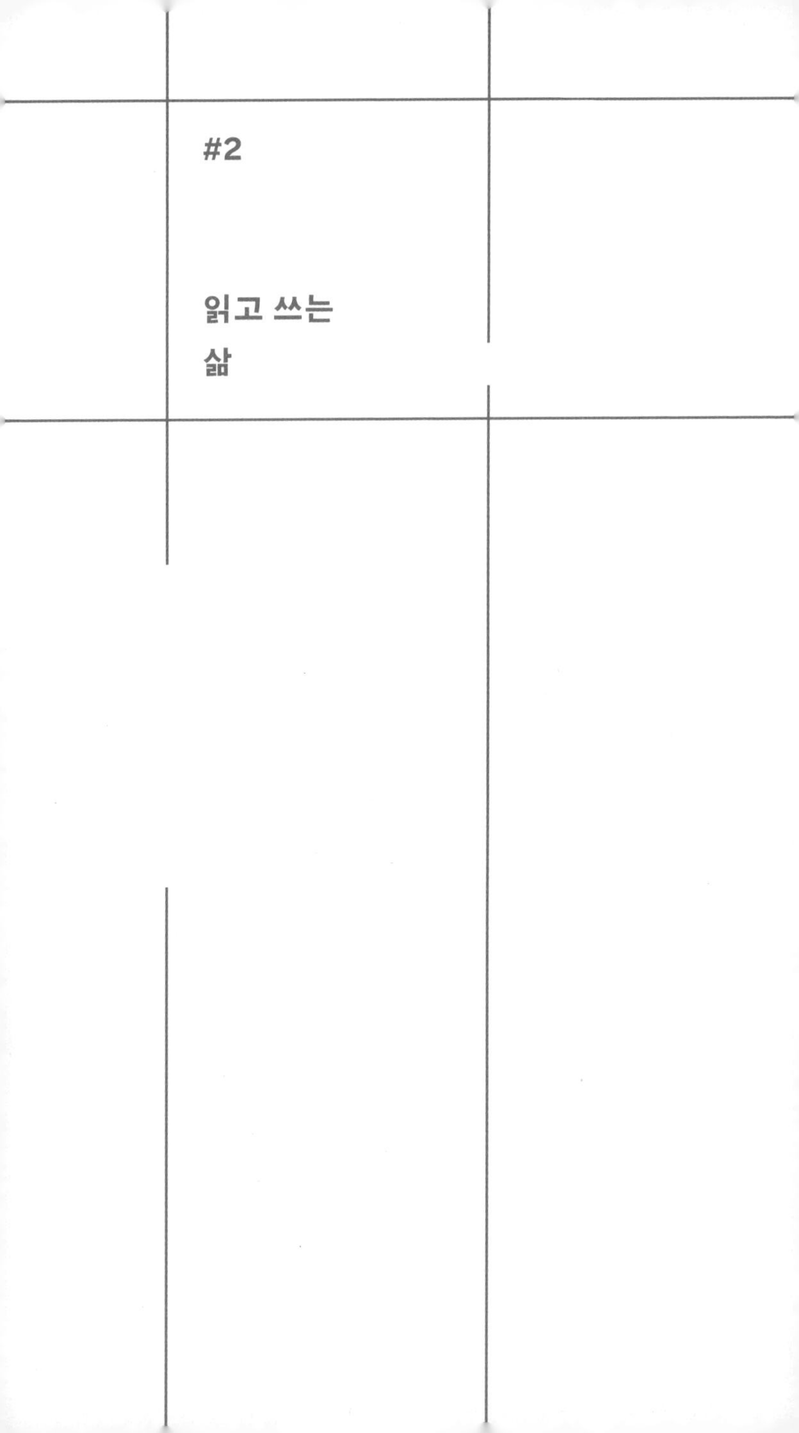

#2

읽고 쓰는 삶

이게 싫어지면 어떡하지?

여기서 되돌아가자니 너무 멀리 온 것 같아 그간의 발걸음이 아쉽고, 계속하자니 앞길이 캄캄해 더욱 막막해진다. 매일의 기분이다. 시작도 끝도 없는 길인데, 이 풍경이 지겨워지면, 그래서 꼴도 보기 싫어지면, 그때는 어떻게 해야 하는 걸까. 다른 길에 대한 막연한 상상도 없이 계속 나아가다 비슷한 골목에서 만난 김겨울. 그는 잠깐 쉴 줄 아는 듯 보였다. 그래서 물었다.
"우리, 어떻게 해야 하는 거죠?"

참새 이제 사람 김겨울에 대해서 이야기를 해보고 싶어요. 사실 매체에 보이는 건 정말 일부에 불과하잖아요. 그 일부에 보이지 않는, 이면의 김겨울도 있을 것 같은데요. 저는 2020년 12월에 올라왔던 휴방 공지 영상이 되게 좋았어요. 그렇게 쉬겠다고 선언하겠다는 게 사실 쉽지 않은 일이잖아요. 특히 무언가를 만들어서 제공하고 선보여야 하는 창작자로서 쉰다는 건, 사실 내가 잊힐 수도 있다는 두려움을 안고 가는 거잖아요. 그때 매우 큰 용기가 필요하셨을 것 같아요. 두렵지 않으셨나요?

겨울 당연히 두려웠죠. 안 두려울 수가 없죠. 고민도 많이 했었고요. 그런데 휴방을 해야겠다는 생각을 오랫동안 했었어요. 거의 몇 달 동안요. '12월엔 무조건 쉰다.' 이 생각으로 11월까지 버틴 거예요. 휴방이 저한테 너무 절실했고, 절실함과 지침이 두려움을 넘어선 상태였던 거죠. 그리고 약간의 자신감도 있었어요. 내가 한두 달 쉬어도, 경력에 대단한 위협이 되지는 않겠다고요. 두려움도 있었고, 약간의 자신감도 있었고, 그냥 '에라, 모르겠다. 너무 힘들다.'도 있었고. 이 모든 심정이 결합된 형태의 휴방이었던 것 같아요.

참새 같은 휴방 영상에서, 번아웃을 여러 차례 겪으셨다고 하셨어요. 저도 이번 대담을 준비하면서 주변 동료 창작자들한테 물어봤거든요. 번아웃이 얼마나 자주 오는지요. 그러니까 한 달에서 세 달 주기로 온대요. 그러면 1년에 네 번씩이나 그걸 겪어야 하냐니까 그렇대요. (웃음) 그런데 그럴 때마다 모든 걸 내려놓을 수는 없잖아요. 자기만의 방식으로 잘 대처하면서 어떻게든 해야 하는데, 겨울 님은 번아웃을 직면할 때마다 구체적으로 어떻게 대처하셨나요?

겨울 일단은 일을 줄이는 수밖에 없더라고요. 번아웃이 올 정도로 지치고 힘들어도 그냥 어떻게 지나가보려고 몇 차례 시도했는데, 그럴 때마다 몸이 아팠어요. 그럼 강제로 쉬는 거예요. 몸이 '너 이제 진짜 쉬어라.' 하는 느낌으로 일종의 폐업을 하는 거죠. 그렇게 의도치 않게 쉬게 되고 여러 일을 제 의지와는 무관하게 취소하고 그랬던 경험이 있어요. 그래서 어차피 쉬는 거 내 의지로 쉬는 게 낫겠다, 그런 생각이 조금 들더라고요.

참새 몸이 아픈 것보다는요.

겨울 네, 몸이 아파서보다는 내가 먼저 쉬겠다고 마음먹는 게 훨씬 낫겠다 싶었어요. 그때는 일부러 쉰 것도 조금 있어요. 그래도 일을 줄이는 게 확실히 가장 큰 도움이 되긴 하더라고요.

참새 그런데 일을 줄이는 것 자체가 또 다른 불안으로 다가오지 않았나요?

겨울 (바로) 불안하죠. 되게 불안하죠.

참새 (생각해보더니 웃겨서) 제가 너무… 당연한 질문들만 하고 있네요.

겨울 그 불안함에도 불구하고 쉬는 게 결국 경험에서 나오는 교훈이라는 생각이 들어요.

참새 그게 초반에는 잘 안 되는 것 같아요.

겨울 (또 바로) 안 돼요, 안 돼요. 초반에는 '다 망하면 어떡하지.' 이런 생각 때문에 절대로 못 쉬겠는 거예요.

참새 저도… 이제 더는 일을 벌이면 안 되겠다고 생각했는데, 어제 의뢰 전화가 온 거예요. 바로 "아, 네. 가능합니다! ^^"

겨울 (빵터짐)

참새 “할 수 있습니다!”

겨울 거기서 거절할 수 있는 것도 능력이더라고요. 12월 일들은 대체로 9~10월부터 제안이 오거든요. 그런데 저는 그때 미리 휴방 생각을 하고 있었기 때문에, “12월에는 제가 일을 못할 것 같습니다.”라고 계속 거절을 했어요. 그렇게 안 하면 못 쉬겠더라고요. 그래서 부러 마음먹고 ‘나 쉬겠다.’라고 하는 것도 능력이라는 걸 그때 알게 됐죠. 물론 어떤 면에서는 배부른 소리라고 할 수도 있지만, 몇 번 크게 아파보고 나서는 장기적으로 나를 잘 돌보는 것도 하나의 과제라는 생각이 들더라고요.

참새 저는 홀로서기를 시작한 지 얼마 안 되었다 보니까, 일이 들어오면 다 받게 되더라고요.

겨울 그럼요. 저도 그랬어요.

참새 초반에 그러셨어요?

겨울 그러다가… 몇 번 아팠다니까요. (웃음)

참새 저는 아직 아프지는 않고… 간당간당한데.

겨울 조심하셔야 해요.

참새 겨울 님은 당연하게 여겨지는 것들에 대해 '왜'라는 질문을 많이 하신다고 들었어요. '왜'라는 질문을 계속 던지면서 타인이 아니라 내가 원하는 게 뭘까를 늘 궁금해하신 것 같고, 또 그걸 좇아오신 것 같아요. 그게 지금의 김겨울을 만든 것 같고요. 그럼 지금 2021년의 김겨울이 "저건 도대체 왜 저럴까, 이건 왜 이럴까?" 이렇게 자꾸만 되묻게 되는 일들이 있나요?

겨울 저의 아주 오래된 관심사인데요. 기본적으로 인간이라는 존재에 대한 분석에 관심이 많아요. 그래서 대학도 철학과 심리학을 전공한 것이고요. 우리가 '인간 본성'이라고 부르는 것에 대해 늘 관심이 많아요. 언뜻언뜻 드러나는 인간의 야만성이나 폭력성이 있는가 하면, 매우 좋은 모습들도 있잖아요. 이타성이나 공공의 선(善)을 위해 움직이는 그런 모습들이요. 그런데 이런 양면성이 극단적으로 드러날 때가 종종 있잖아요. 대표적으로 지금 코로나 사태도 마찬가지고요. 코로나가 장기화되면서 진폭은 조금 줄었지만, 초반에는 정말 말도 안 되는 일들도 많았으니까요. 그러면서도 사람들이 정말 이타적이고 대단하다고 느껴지는 모습도 보게 되고요. 이처럼 어떤 극한의 상황에 있을 때 발현되는 인간의 모습에 관심이 많아요. 과연 그중에 무엇을 본성이라고 부를 수 있는 것일까, 인간은 왜 이렇게 행동하는 것일까 하는 것이요. 그래서 소위 인간 본성을 다룬 책을 읽어나가는 트랙이 있어요. 책을 여러 권 동시에 읽는 편인데, 그 트랙에 있는 책을 다른 책들과 함께 늘 읽고 있어요.

참새 저는 이렇게 근본을 해결하기 위한 행동은 잘 안 하거든요. 인지는 해요. '무언가가 잘못됐다.'고요. 그런데 별수 없다고 생각하는 편이에요. 겨울 님은 항상 '왜'를 쫓아가려 하는 게 느껴지고, 책에서도 그런 부분이 많이 느껴졌어요. 내가 이걸 왜 좋다고 생각하는지, 내가 왜 이걸 이렇게 느끼는지. 문장이 견고하다고 느꼈던 이유가 여기에 있는 것 같아요.

겨울 그런 제 문장의 뉘앙스를 좋아하는 분들도 계시고, 조금 건조하다고 느끼는 분들이 계실 수도 있는데요. 어떤 일들을 사후에 다시 생각하고 바라보는 사유의 과정을 거쳐서 결과물을 만들어내는 편인 것 같아요. 작가이자 뮤지션인 요조 님의 표현을 빌리자면 '매우 단정한 사용 설명서' 같은 글을 뽑아내는

것입니다. (웃음)

참새 다른 인터뷰에서 "영상과 글에 있어서만큼은 자책하지 않는다."라고 하신 걸 보았어요. 저는 그게 매우 인상적이었는데요. 왜냐하면, 저는 완전 자책하는 스타일이거든요. (웃음) 그러면서 "못하는 게 안 하는 것보다 훨씬 낫다."라고 덧붙이기도 하셨어요. 저도 동의해요. 완전 전적으로 동의하고 알지만…

겨울 (웃는다)

참새 알지만… 잘 안 되더라고요.

겨울 잘 안 돼요.

참새 자책의 굴레를 극복할 때 스스로에게 자꾸 주문을 걸었다고 하셨는데, 그 주문에 대해서 자세히 말씀 좀 해주세요. 왜냐하면 저 같은 분들이 되게 많을 거예요.

겨울 (잠시 머뭇거리더니) 내가 만든 거, 너무 형편없잖아요. (웃음) 그런데 이렇게 계속하면 아무것도 안 되겠는 거예요. 내 마음에 안 든다고 아무에게도 보여주지 않으면 어떻게 내 길을 만들겠어요. 피드백도 받아야 하는 거고요.

그러니 나의 못남을 좀 견뎌야 하는 거죠.
어쨌든 못하는 게 안 하는 거보다는 결과적으로
나의 발전에 도움이 많이 된다고 생각하고,
실제로도 그랬고요. 그런 조언을 저도 봤었어요.
그런 거 있죠, 미완성 곡이나 미완성 글을 두 편
쓰는 것보다, 못났지만 완성된 하나를 만드는
게 훨씬 더 많이 성장하게 한다는 말이요. 그런
조언을 보면서 많이 다짐했죠. 진짜 별로인
거라도 하나 완성하자, 그래서 하나하나
쌓아가자. 어쨌든 다음에 더 잘하면 되잖아요.
뭔가를 계속 쌓아 나가는 일이 결국 스스로에게
더 도움이 될 거고, 아무리 '이건 완벽하게
만들겠어.' 해봤자 그걸 나 혼자 가지고 있으면
누가 어떻게 볼 수 있겠어요. 그래서 그런 말을
많이 했었죠. "어쩔 수 없다."

(함께 웃는다)

참새 내가 이렇게 하는 건 별수 없다.

겨울 영원히 완벽해지지 않아요. 누구든지 포기하는
순간을 맞이해야 해요. '여기서 포기다.
타협해야겠다.'는 순간을 맞이해야만 노출이
가능하기 때문에, 그냥 뭐, 어쩔 수 없다고
생각하고요. 『유튜브로 책 권하는 법』에도 그런

구절을 썼는데, 언제든 무마할 시간이 남아 있다고 생각해야 해요. 내가 지금 개떡같이 했어도, 이걸 무마할 시간이 남아 있다는 걸, 내 인생에 아직 무엇이든 무마할 시간이 남아 있다고 믿는 게 중요한 것 같아요.

참새 저는 오늘 제가 개떡같이 할까 봐, 걱정 많이 했거든요.

겨울 (웃음) 아뇨, 지금 너무 잘하고 계시고요. 걱정 안 하셔도 될 것 같습니다.

#3

책 너머의 사람

아무리 책이 위대할지라도

내가 문학이, 책이 될 수 없어서
슬퍼질 때가 많았다. 그렇게 될 수만
있다면, 나라는 건 없어도 될 텐데,
책으로만 있을 수 있다면 참 좋을
텐데, 삶 같은 건 아무렴 어떻게 되든
좋을 텐데….

참새 보통 겨울 님에 대한 영상이나 인터뷰를 보면, 책 안에서의 김겨울, 그러니까 저자로서의 김겨울에 관한 이야기가 많은데요. 저는 직업인으로서의 김겨울도 아주 궁금해지더라고요. 저도 최근에 단행본 편집하는 일을 하면서, 편집자라는 자아를 새롭게 획득했어요. 게다가 이번 대담을 준비하면서 대담자들의 여러 저서를 읽기도 했고요. 그러면서 체감이 된 거예요. '아, 읽는 게 정말 내 일이 되어버렸구나, 내가 이걸로 돈을 벌고 있구나.' 그런데 저는 그게 너무 아슬아슬한 거예요. 너무 무섭고요. 왜냐하면 저는 아직 독서 이외의 유희거리나 취미 같은 게 없어요. 그래서 이게 일이 되어버려서, 어느 순간 너무 예민해져서, 너무 질려서, 죄다 싫어하게 되면 어떡하지, 이런 순간들이 벌써 두렵더라고요. 실제로 그럴 뻔한 적이 몇 번 있었거든요. (웃음) 겨울 님은 어떠신지 궁금해요.

겨울 책 읽기 싫을 때 있죠. 하지만 책 자체가 싫어진 적은 없고요. 일로써 읽어야 하는 책이 있을 때 좀… "아, 귀찮다."

(둘 다 웃는다)

"내가 읽고 싶은 책, 내가 고른 책 읽고 싶다."

참새 어우, 맞아요. 맞아요.

겨울 그런 마음이 들기는 하지만 '내가 이 일을 많이 좋아하는구나. 참 이것도 나답다.'고 생각할 때가 있어요. 제가 고르지 않은 책을 읽어야 하는 순간이 와서, 구시렁구시렁하면서 펼쳐서 한 다섯 페이지 읽잖아요. 그럼 또 재밌게 잘 읽어요. (웃음) 재밌어, 막상 읽으면 재밌게 잘 읽거든요.

참새 맞아요.

겨울 지금 유튜브를 4년 넘게 하고 있는데, 책이 계속 재미있어요. 책이 재미없어질까? 모르겠어요. 책은 계속 재밌더라고요.

얼마 전에 이동진 평론가님이랑 영상 찍었는데, 와중에 비슷한 이야기가 나온 적이 있어요. 책이 지겹지 않느냐는, 비슷한 맥락이었는데요. 그런데 이동진 평론가님이 "책은 지겨워질 수가 없는 매체"라고 하시더라고요. 저는 들으면서 너무 공감했거든요. 왜냐하면 책은 이게 지겨우면 다른 걸 읽으면 되니까요. 소설이 지겨우면 인문교양서 읽으면 되는 거고, 그게 지겨우면

과학책 읽으면 되는 거고, 또 그게 지겨우면 실용서를 읽으면 되고요. 그러니까 책은, 우리가 '책'이라는 이름으로 묶고 있지만, 하나의 동일한 존재가 아닌 거예요. 그 안에 너무 다양한 세계가 있기 때문에 지겨워질 수 없는 매체라고 저도 생각해요. 거꾸로 말하면 이런 사람들이 이런 직업을 하는 것일 수도 있어요. (웃음) 그래서 그런 생각을 합니다. 책은 계속 재미있어요.

참새 약간 사람 같은 거네요.

겨울 그렇죠.

참새 사람이 지겨워지지는, 잘 않잖아요.

겨울 맞아요. 계속계속 새로운 면을 또 발견하는 거고요. 그 안에 든 내용은 정말 천차만별이니까요.

참새 콘텐츠를 만드는 분들이 대체로 걱정하시는 게, 소재에 대한 걱정이잖아요. 소재거리 고갈에 대한 걱정을 자주 하시는데, 저도 책을 다루면서 그런 걱정은 한 번도 안 해본 것 같아요. 왜냐하면 책은 '계에속' 나오고, 나올 것이고, 당분간은 그냥 이대로 하루에 몇백 권씩 나올 것이기 때문에, 고갈될 일이 없는… 고갈되는 게 이상하다고요.

겨울 고갈이 문제가 아니라, 내가 다 찾아서 읽지도 못해.

참새 (크게 웃으며) 맞아요.

겨울 고갈이 웬말이에요. (웃음)

참새 그리고 저는 읽는 게 일이 되면서 아쉬웠던 점도 한 가지 있어요. 처음에는 책을 그렇게 빨리 읽는 편이 아니었어요. 그런데 이게 일이 되니까 자연스럽게 빨리 읽어지더라고요. 예전에는 정말 천천히, 음미하면서, 필사도 하고요. 뭐랄까, 약간 공들여서 읽는다는 느낌이 있었는데, 요즘은 최단 시간에 최대한 많은 텍스트를 읽어야 효율이 나니까 빨리 읽어버리는 습관이 되게 아쉽게 느껴지더라고요. 개인적인 독서를 할 때도 이걸 빨리 읽어버리고 다른 걸 읽어야 한다는 강박감이 있는데요. 『독서의 기쁨』에도 속독에 대한 이야기가 나오기는 하지만, 겨울 님도 읽는 속도가 조금 빠른 편이시잖아요. 비슷한 아쉬움을 느껴본 적은 없으세요?

겨울 있죠. 당연히 있어요. 천천히 음미하면서 읽고 싶은데, 그럴 시간이 없어서 후루룩 읽는 책들 저도 많이 있거든요. 시간을 가지고 천천히 공부하고 싶은 책들도 너무 많고요. 그런데 한편으로는 세상에 읽을 책이 너무 많으니까, 모든 책을 다 그렇게 읽을 수는 또 없잖아요. 그렇다 보니 아쉽긴 하지만 뭐 어쩔 수 있나 싶은 마음도 있어요. 그래서 시간을 부러 확보해두려고 하기도 해요. 휴방하고서도 공부하고 싶었던 책들 실컷 읽었거든요. 아예 오전에 시간을 정해놓고 그때는 철학책만 읽었어요. 그런 식으로 스스로 음미할 시간을 확보해주는 것도 심적으로 많이 도움이 되더라고요.

참새 오늘 자*로 판매 부수 1만 부를 달성한 아주 멋진 책, 유유에서 나온『책의 말들』은 다음의 문장으로 시작됩니다. "내가 책이 아니면 어쩌지, 하는 불안과 내가 겨우 책에 불과하면 어쩌지, 하는 공포 사이에서 이 책은 완성되었다."라는 문장인데요. 앞부분, 그러니까 책이 아니면 어쩌지 하는 마음은 고개가 끄덕여지는데, 책에 불과하면 어쩌지라는 마음은 되게 궁금해졌어요. 왜냐하면 저는 제가 책이라면… 너무 좋을 것

*2021년 2월 4일에 출간된『책의 말들』은 해당 인터뷰 당일인 같은 해 4월 29일에 판매 부수 1만 부를 돌파했다.

같거든요. 그 마음은 어떤 마음인가요?

겨울 책이 아무리 위대해도 삶보다 위대할 수 없다는…

참새 (입틀막) … 메모.

겨울 저에게 양가적인 감정이 있는 거예요. 인용하신 문장에 그 양가적인 마음이 그대로 들어가 있는 건데, 저는 책이 너무너무 좋고 너무너무 위대하다고 생각하거든요. 그런데 동시에 삶을 넘어설 수 없다고도 생각해요. 하지만 책이 더 위대하다는 생각이 들 때도 있어요. 마음속에 양쪽이 다 있는 거예요. 책과 삶 사이에서 왔다 갔다 하는 마음이 있는데, "책에 불과하면 어쩌지, 하는 공포"는 그런 맥락이었던 것 같아요. 『책의 말들』 중에도 있잖아요. 82년을 살다 죽은 사람의 삶은 82년 동안 혹은 그보다 더 오랫동안 읽어야 하는 책이고, 절대로 완독될 일이 없고 앞으로도 누구에게 읽힐 일이 없는 이 책을, 최선을 다해 쓰는 태도를 우리는 품위라고 부른다는 구절이요. 인간의 삶이 한 권의 책보다는 분명히 더 방대하고 더 많은 측면이 있고 더 많은 의미가 있을 거라고 믿고 싶은 거예요. 제가 책을 숭배하는 사람은 아닌 거죠.

책을 너무 좋아하고 숭배하는 마음도 있지만, 동시에 인간의 삶은 그것보다 클 것이라고 믿는 마음도 있어요.

참새 그런 말씀도 되게 많이 하셨어요. 지금 내가 너무 말을 많이 하고 있다는 생각을 자주 한다고요. 저도 제가 의도한 건 아닌데, 말을 많이 하면서 살게 된 거예요. 그런데 그런 사람들이 많아지고 있는 것 같아요. 저마다 이야기를 하고 싶어 하는 사람들 사이에서, 끊임없이 무언가를 말해야만 한다는 게 조금 실수처럼 느껴질 때가 있는데요. 그러면… 안 하면 되잖아요. (웃음) 그런데 우리는 왜 자꾸 이야기를 하고 싶어 할까요?

겨울 여러 가지 이유가 있겠죠. 먹고살아야 하니까 하는 것도 있을 테고요. (웃음) 근데, 재밌잖아요. 재밌기도 하고, 글로써는 할 수 없는 수준의 소통을 할 수 있으니까요. 만약에 제가 책만 썼으면, 제가 이런 인간이라고 아무도 생각 안 했을 거예요. 그런데 제가 유튜브도 하고 사람들하고 적극적으로 이야기를 나누니까 김겨울에게는 저런 측면도 있다고 느끼는 거죠. 그 차원에서 이루어지는 대단히 친밀한 소통도 있고요. 그래서 계속 말을 하게 되는 것 같아요. 그리고 이야기를 하고 싶어 하는 건 인간의 본능 같기도 해요. 무슨 대단한 이야기를 한다고 계속하게 되나 싶은 마음이 있으면서도, 계속하고 싶어지는 게 인간의 마음인 거죠. 제가 어디서 들은 말인데, 정확하지 않을 수 있어요, 사람이 말을 계속하면 뇌에서 약간 쾌감을 느끼는 경향이 있대요. 그래서 자기가 무슨 말을 하는지도 모르고 계속 말을 하는 거야.

(둘 다 웃는다)

말하는 걸, 그래서 주목받는 걸 인간은 원래 좀 좋아하지 않나, 이런 생각이 들어요. 그걸 괴롭다 느끼는 게 더 특이한 일이 아닐까 하는 생각이 드는 거죠. (웃음) 저는 자꾸 책으로 숨고 싶어 하는 반작용 같은 게 생기는데, 그것이 오히려 책을 좋아하기 때문에 발생하는 특성이 아닐까 싶어요.

참새 '잘' 하고 싶어서도 있겠지요. (웃음)

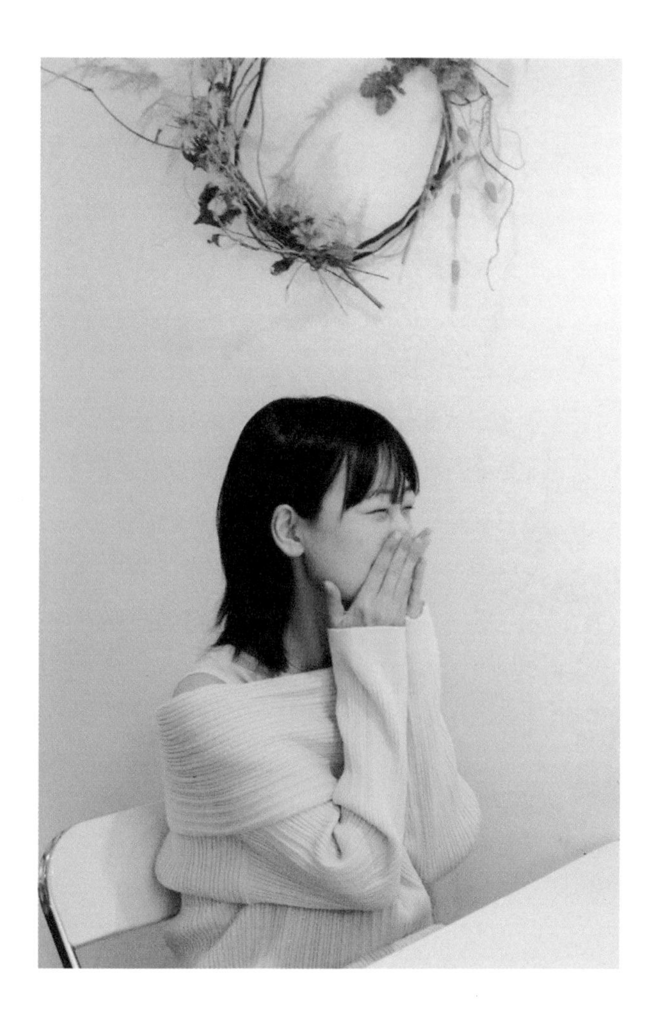

#4

만드는 사람

단어를 넘나드는 창작에 대하여

못하고 안 하는 게 너무 많은
나는 잘하고 기꺼이 해내는 그가
너무 좋았다. 너무 신기했고 너무
유일했다. 온갖 말들과 잘 노는 그가
앞으로 어떤 것을 만들어낼지 잠깐
상상해보았다. 즐겁고, 기쁘게.

참새 사실 겨울 님을 한마디로 설명하는 건 그렇게 어렵지 않을 수도 있어요. 결국 '만드는 사람'인 거잖아요. 근데 뭔가 만드는 게 많다는 것이 특징이죠.

겨울 그렇죠. 많이 만들죠. 가내 수공업의 규모가 크다.

참새 종류가 많다.

겨울 다품종 대량생산. (웃음)

참새 그런데 아까 말씀해주신 것처럼, 창작의 완성은 노출이잖아요. 하지만 세상에 나의 것을 내보이는 일에는 만드는 것과 별개로 엄청난 용기와 대범함이 필요한 것 같아요. 나를 드러내 보이는 일을 잘하기 위해서 필요한 것이 있다면 어떤 게 있을까요?

겨울 저는 딱 두 가지라고 생각하는데요. 더 잘하고 싶다는 마음과 내가 별로라는 인정.

참새 (입틀막)

겨울 이 두 가지만 있으면 된다고 생각해요. 그러니까 내가 별로라는 걸 인정하면 발전이 없을 수도 있어요. 더 발전하고 싶다는 마음이 있어야 하는데, 그것 때문에 또 공개를 못해서는 안 되거든요. 그냥 인정해야 해요. 이거밖에 못 한다는 것을요.

참새 ‘지금은’ 이게 나의 최선이다.

겨울 지금은 이게 최선이지만, 앞으로는 더 나아질 거라고 믿는 거죠. 더 잘하고 싶다, 하지만 지금은 이게 최선이다. 이렇게 두 가지 마음이 있으면 조금 더 대범해질 수 있지 않을까요.

참새 저한테 너무 필요한 거예요. 더 잘하고 싶은 마음은 너무… (잠시 생각하더니) 아, 저는 둘 다 갖고 있는 것 같아요.

겨울 그러니까 지금도 이 일을 하고 계신 거죠.

참새 사실 두 가지라고 말씀해주셨지만, 이어지는 것 같아요. 아, 내가 이만큼 별로니까…

같이 더 잘해야지.

참새 다음번에 개선할 시간이 있을 거라고 믿으면서요.

겨울 너무 두려워하지 마세요. 누구나 다 못하는 시절이 있어요.

참새 처음이 있고요.

겨울 저도 초반에 작업한 영상을 보면 아주 엉망진창이거든요. 그때는 제가 되게 잘한다고 생각했어요. 약간 자신 있었죠. 이 정도 영상이면 나쁘지 않다고요. 그런데 4~5년 정도 지나서 지금 보니까 부족한 부분들이 보이기도 하는 거죠. 그냥 자신 있게 보여주고 다음에 더 잘하면 돼요. (잠시 생각) 다음에 더 잘하고, 그전에 했던 걸 지우면 돼.

참새 오! 생각지도 못한 방법이다. 혹시 지운 영상도 있으세요?

겨울 그런 이유로 지운 건 없어요. 그냥 보고 웃으시라고 내버려둬요. 근데 뭐, 못했으면 지우면 돼요.

참새 또 어떤 것을 만드는 사람이 되고 싶으세요? 지금보다 더 많이 만들고 싶으신지도 궁금해요.

겨울 지금 하고 있는 걸 일단 열심히, 충실히 하고 싶고요. 책을 잘 쓰는 사람이 되고 싶어요. 제가 지금 쓰고 있는 책들이 에세이, 인문 분야인데, 기회가 된다면 문학도 써보고 싶어요. 제안을 많이 받기도 하고요. 그리고 피아노도 조금 더 능숙히 치게 되면 그쪽으로도 다시 작업해보고 싶기도 해요. 제가 가지고 있는 여러 재주와 흥미와 관심과 취미를 한데 섞어 무언가를 잘 만들어내고 싶습니다.

참새 겨울 님의 시가 너무 궁금해요. 저는 시를 되게 좋아하거든요.

겨울 잘 써야겠네요.*

(둘 다 웃는다)

참새 일단 계약된 거 먼저 마치시고요.

겨울 계약된 거 마치려면 조금 오래 기다리셔야 하는데요.

참새 저는 남는 게 시간이니까, 오래 기다려보고 그때 또 만나 뵙게 되면 정말 좋을 것 같아요. 그러면 "아, 참새가 그때보다는 좀 나아졌네~" 하실 수 있게요.

(또 함께 웃는다)

*그는 얼마 지나지 않아 계간《자음과 모음》 50호에 두 편의 시를 실었다.

이제 더는 시인을 죽었다거나, 말 없는 사람이라고 생각하지 않는다. 그 역시 나와 함께 이 시대를 견디고 있는 생생한 사람임을, 그렇기에 느끼는 수많은 생각들이 있음을 이제는 안다. 그래서 더 듣고 싶다. 오랜 시간 고민하며 만들어낸 문장과 문장 사이에 미처 말하지 못한 이야기가 무엇이 있을지를 말이다. 저마다의 마음이 필요로 하는 거리두기가 있음을, 김겨울을 통해 배웠다.

수년간 단련된 그의 근육에 질문이 무색해질 때가 많았다. 어떻게 하는지, 버티는지, 쉬는지, 그리고 다시 시작하는지 묻는 때에 그랬다. 그것도 자주. 오랜 훈련에 익숙해진 선수처럼, "그냥 한다."고 말하는 그를 보면서 알 수 없는 강인함을 느꼈다. 나 역시 당장의 못남을 매일 느낀다. 늘 최선을 다하고 있음을 알지만 아쉬움과는 별개다. 그래도 해본다. 어느 정도는 놓아가면서. 내게 이번을 무마할 시간과 기회가 주어지리라 생각하면서 말이다. 그 사실이야말로 나에게 할당된 유일한 행운이자 기회임을, 이제는 안다.

달리기를 말할 때 내가 하고 싶은 이야기*

이승희

사진: 여나영

치기공을 전공했지만 지금은 마케터.
첫 직장이었던 병원에서 센스가 없다며
매일 혼난 탓에 센스를 기르려 읽은 책에서
마케팅의 재미를 느껴 마케터의 꿈을
키웠다. 마케팅을 잘하고 싶어서 일하며
듣는 모든 이야기를 무조건 받아 적었고,
그 촘촘한 기록을 바탕으로 내 글을 쓰기
시작했다. 대전의 작은 치과에서 병원
마케터로 일하다 2014년부터 현재까지
브랜드 마케터로 일하고 있다. 사람들에게
즐거움을 주고, 무언가를 함께하는 데서
기쁨을 느낀다. 좋아하는 것을 좋아한다고
외칠 때 무엇이든 잘할 수 있다고 믿는다.

* 일본의 소설가 무라카미 하루키가
쓴 달리기에 대한 회고록. 수십 년간
달리기를 이어오며 완성된 자신만의
문학적 세계관을 이야기하는 에세이다.

시간이 쌓일수록 나를 보거나, 읽거나, 관찰하는 이들의 숫자가 자꾸만 늘어갔다. 딱히 막을 방법도 없었고, 그러지도 말아야 했다. 왜냐하면 나는 이제 스스로를 잘 팔 줄 아는 사람이 되어야만 했으므로. 하지만 숫자가 더해갈수록 힘에 부쳤다. 별안간 나의 무엇을 어떻게 보여주어야 할지 막막했던 것이다. 그리고 그 막연함은 자연스레 내 발목을 잡는 알 수 없는 풍경이 되었다. 하지만 여러분이 더 잘 아시다시피, 나는 조(루)렙이다. 이 책을 읽을 대부분의 독자가 나를 모르는 상태일 것임을 쉽게 예측할 수 있다는 점이 바로 그 증거다. 이른 레벨도 이런 우스운 사회적 부담감과 책임감을 느끼는데, 어느 정도 레벨에 이른 사람들의 막중함이란 무엇일까 자주 생각해보았다. 알 수 없지만 알고 싶은 마음이었다.

매체가 범람하는 시대에서, 이승희는 그 물결을 누구보다 신나게 타며 노는 듯했다. 여러 플랫폼의 서로 다른 성격과 경계는 그의 한계가 아닌 다채로움을 보여주는 계기가 되었고, 그는 '기록'하는 행위로 가깝고 새로운 미래를 끊임없이 만들어나갔다. 한없이 유쾌하고 맑은 그가 궁금했다. 노련한 서퍼인 듯 신명나게 파도를 타면서도, 혹 다리가 떨리는 적이 있었는지 말이다. 나를 향한 눈과 입과 손이 너무 많아서 가끔은 작아지지 않는지 말이다. 그렇지 않다고 말하길 바랐던 것 같기도 하다. 나 역시 강인해지고 싶었으니까. 약하고 무력한 나와는 달리 정말 튼튼하고 확실하길 바랐다. 마냥 기댈 수 있게. 그와의 만남으로 인해 나 역시 그럴 수 있게. 앞만 보고 달리는 듯한 그를 잠깐 붙잡아보았다.

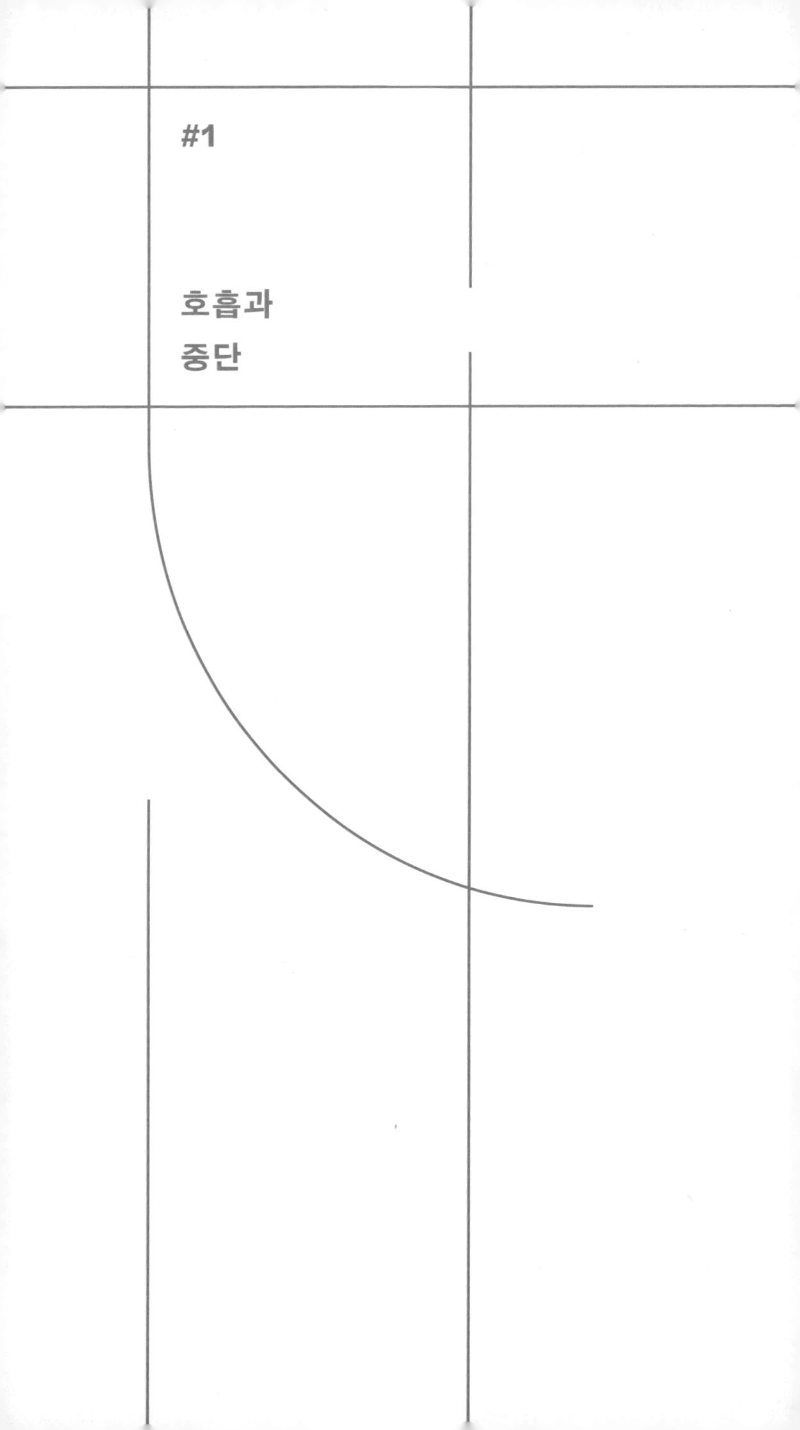

#1

호흡과 중단

속도 말고,
얼마나 오래

두 발을 교차로 내딛으며 일정한 거리를 뛰어가는 행위, 달리기. 가닿고자 하는 지점과 그에 소요되는 시간에 따라 달리기의 종류가 달라진다. 그렇기에 본인이 가진 에너지의 총량을 얼마나 영리하게 운용할 수 있는가가 경주의 승부수가 된다. 하지만 우리 모두 인생 달리기는 처음이 아니던가. 그리고 이 경주는 징그러울 만큼 지난하지 않은가. 묻고 듣고 배우고 참고할 수밖에 없는 일 같았다. 이승희를 만난다면 가장 먼저 묻고 싶었다. 어떻게 스스로를 운영하며 지금까지 달리고 있는 것이냐고.

참새 승희 님도 일을 하신 지 정말 오래되셨잖아요. 몇 년 차시죠?

승희 일을 일찍 시작해서요. 12년 차 정도 되었어요.

참새 (입틀막)

승희 (웃음) 그런데 나이도 좀 들어가지고요.

참새 그럼 거의 졸업하자마자 바로 일을 시작하신 거네요.

승희 네, 맞아요. 한 번도 안 쉬고요.

참새 저도 졸업하고 바로 일을 시작했으니까… 5년 차인데, 독립적으로 일을 하기 시작한 것은 딱 2년째인 것 같아요. 그런데 저는 조금… 간당간당한 기분이 들거든요.

승희 (빵터짐) 어떤 느낌이에요?

참새 '오래 할 수 있을까?' 그런 생각을 늘 하는 거죠. 예전에는 특출난 재능 혹은 천재적인 무언가가 있어야만 주목받고 도드라지는 거라고 생각했는데요. 저도 무언가를 계속하다 보니까, 한두 번 잘하는 것도 중요하긴 한데, 계속하는 게 정말 재능이고 용기인 것 같더라고요. 승희 님이 12년이라는 시간 동안 꾸준히, 멈추지 않고 계속 무언가를 할 수 있었던 이유나 원동력이 있을까요?

승희 재미있으면 그냥 계속했던 것 같아요. 저도 한 가지 일을 꾸준하게 하는 사람은 아닌데, 직장을 오래오래 다녔던 이유는 그 안에서 다른 재미를 계속 발견하고 찾았기 때문이 아닐까 싶어요. 그런데 그걸 일부러 찾은 건 아니에요. 어쩌다 보니, 운이 좋았죠. 그러다가 반복되고 재미가 없어질 때쯤 다른 환경으로 바꾸고요.

참새 그럼 지금은 어떤 재미를 찾고 계세요?

승희 저는 새로운 경험을 추구해요. 그래서 가끔 어려움에 봉착하기도 해요. 일하는 방식은 크게 달라지지 않더라도, 새로운 일이다 보니 잘 모르니까요. 12년 일을 했다고 해서 다 잘하는 게 아니잖아요. 그런데 제가 좀 변태 같은 부분이 있어서, 잘할 수 있는 걸 하러 가야 하는데, 조금 더 낯선 환경에 저를 던져요. 그래서 되게 불안정한 상황을 조금…

참새 자처하는?

승희 자처하고, 약간은 즐기는 것 같아요. 사람 마음이 참 신기해요.

참새 달리기에도 종류가 있잖아요. 인생의 모든 것들이 그렇겠지만, 특히 일은 최장거리 달리기라고 생각하거든요. 그만큼 정말 지치지 않고 호흡이 달리지 않는 선에서 내가 가진 에너지를 효율적으로 잘 배분하는 게 관건이라고 생각하는데요. 승희 님이 자신만의 에너지 혹은 능력을 능동적으로 배분하는 방법이 있을까요?

승희 특별한 방법이 있는 건 아닌데요. 지난날을 복기해보면은, 딱히 계획을 세우지 않는 게 장거리를 달릴 수 있는 좋은 방법이었어요.

참새 의외네요. 계획을 많이 세우실 것 같은데요.

승희 그렇죠. (웃음) 새해마다 버킷리스트 작성하고 그런 건 재미로 하죠. 어떤 프로젝트 단위의 일을 할 때도 당연히 계획을 세우고요. 타인과 함께 하는 일이고 마감이 있으니까요. 그런데 그런 거 말고 개인적으로 업에 대한 계획은 딱히 없어서, 그냥 다녀요. 그래서 길게 갈 수 있는 것 같기도 해요.

참새 내가 이 회사에서 2년 뒤엔 뭐가 되어 있겠다,

5년 뒤엔 이런 걸 하겠다는 그런…

승희 마케터로서 어떤 자리에 오르겠다, 이런 프로젝트는 꼭 해보겠다, 조직장이 되어보겠다, 데이터 마케팅 자격증을 따보겠다… 등등 저마다의 목표가 있잖아요. 그런데 저는 그런 거 자체가 없고, 회사에서 방향성만 주어지면, 저한테 어떤 일이 떨어지면, 그냥 하는 스타일이에요. 일을 부러 찾아서 할 때도 있지만 딱히 계획이 없어요. 최종 도착지가 없으니까, 그냥 룰루랄라 가는 거죠.

참새 지금 하는 일에 집중하는 편이네요.

승희 네, 맞아요.

참새 원대한 목표가 있어도 조금 지칠 것 같기는 해요. 왜냐하면 너무 멀리 있으니까요. 그걸 향해 계속 달려가야 하잖아요.

승희 제 목표는 '마케터가 되고 싶다.' 딱 하나였거든요. 그걸 이루니까, 딱히 그다음 목표가 없더라고요. 그래서 한때는 그게 고민이기도 했어요. 목표가 있었을 때는 재밌었거든요. 마케터가 되고 싶다는 목표가 있었을 때는 세미나랑 강연도 들으러 다니고,

자격증 따고… 그런 일들이 다 재밌었어요. 그런데 목표를 이루고 나서는 그런 게 없으니까 처음엔 조금 재미가 없는 거예요. 이다음 무언가가 있어야 재미있을 것 같은데. 그런데 '다양한 경험을 쌓는 마케터'가 되어야겠다고 마음을 바꾸니까, 그때그때 재밌는 일이 들어오면 하고 지루하면 안 하게 되었어요.

참새 그런데 계획이 없으면, 불안함을 느끼거나 하지는 않으신가요?

승희 느끼죠. 늘 느껴요. 목표가 없다 보니까 늘 쉽게 방향을 잃는 것 같아요. 저는 이 방향으로 간다고 생각했는데, 지금 내가 어디로 가고 있는 거지? 되묻게 되는 순간이 많아요. 최종 목표는 결국 행복이고, 친구들 또는 가족들이랑 잘 사는 것일 텐데, 그게 되게 모호하잖아요. 그러다 보니까 자주 방향을 잃고, 되게 많이 픽픽 쓰러지고 우울해하고 불안해하고 그래요.

종로에서 뺨 맞고 한강 가서 화풀이한다는 말이 있잖아요. 친구들끼리 서로 각자만의 한강이 뭐냐는 이야기가 나왔어요. 그런데 거기서 제가 대답을 못한 거예요. 스스로 위안받는, 나만의 한강은 뭐가 있을까 생각했는데, 저는 그냥 집에 누워 있는 거예요.

아무도 안 만나고. 그럴 때 콘텐츠를 보면 또 스트레스를 받으니까 그런 것도 전혀 안 보고요. 어떻게 보면 일을 벌이는 것도…

참새 (웃기 시작)

승희 에너지가 조금이라도 있어야 하는 거거든요.

참새 (웃음 참으며) 맞아요.

승희 그런데 그럴 때는 불안함이 너무 커서 제 에너지를 눌러버리더라고요. 그럴 때는 그냥…

참새 진짜 아무것도 안 해요?

승희 그냥 자요. 좋은 에너지가 조금이라도 남아 있을 때 일을 벌이고요.

참새 그런데 불안함이라는 키워드가 앞서면 약간 판단력도 흐려지고, 조절 자체가 조금 힘들어지더라고요. 이미 충분한데, 일을 더 받아버리게 되고요.

승희 맞아요.

참새 막 후회하고. 내 그릇은 요만한데, 내가 벌인 일은 막 이만하고. 그런 경우가 많잖아요.

승희 매일 친구들이랑 하는 이야기예요. 과거의 제가 미래의 저를 생각하지 못하고 한 선택으로 인해서 현재의 제가 힘들어질 때가 있다고요. 그래서 미래의 내가 여유롭고 행복하려면, 선택을 잘해야 한다고 느껴요. 그런데 해보고 싶으면 일단 다 하는 편이긴 해요. 그것 때문에 스트레스받고 몸이 힘들면 나중엔 그렇게 또 안 하면 되니까요.

참새 미래의 승희가… 알아서 하겠죠.

승희 (웃음) 그렇겠죠?

참새 저도 얼마 전에 어떤 독자님이 새로운 걸 하거나 불안함이 클 때 어떻게 이겨내냐는 질문을 하시더라고요. 그래서 이렇게 대답했어요. 첫 번째, 무서워한다. 두 번째, 사랑하는 사람들에게 찾아가서 응원을 강요한다. 세 번째, 그냥 한다.

승희 응원 강요, 꼭 필요하죠. (웃음) 저도 비슷한 것 같아요.

참새 어제도 막 엄마한테 전화하고 친구들한테 전화해서 응원 강요했어요. 나 내일 인터뷰 망치면 안 되니까 응원해달라고.

승희 (웃음) 저도 진짜 자주 그래요.

참새 그런데 승희 님도 사람이니까, 그런 순간이 있었을 것 같아요. '아, 내가 지금은 진짜 지쳤구나, 지금은 정말 쉬어야겠다.'라고 생각했던 때가 있나요?

승희 그럴 때는 새로운 일을 통해 스스로가 넓어졌던 것 같아요.

참새 아, 쉬는 게 아니라요?

승희 (웃음) 쉼도 어떤 결정을 내리는 거잖아요. 그게 퇴사일 때도 있었고, 퇴사했는데도 불안하면 또 무언가를 하는 거죠. 불안함이 제 삶을 다른 쪽으로 넓혀가게끔 동력이 되어주는 건 맞아요. 불안함이 없으면 현상과 현재를 오히려 즐기겠죠. 그런데 불안하다는 건 지금에 대해 불안하다는 거니까요.

참새 자꾸 무언가를 바꾸려고 하고요.

승희 그런 순간마다 방향을 자꾸 트는 거죠. 그런데 그게 결국 모여서 나라는 사람을 확장시켜주더라고요.

참새 그래서 '두낫띵클럽'*이 탄생한 거군요.

승희 두낫띵클럽을 같이 했던 규림이라는 친구가, 저랑 되게 다른 사람이에요. 제가 찾아간다는 친구 중에 한 명인데, 감정 기복이 크지 않고 자기가 좋아하는 것에 더욱 집중할 줄 알거든요. 규림이와 비슷한 시기에 퇴사했는데, 제 선택임에도 불구하고 그게 너무 불안한 거예요. 집에 그냥 가만히 있는 게요. 저는 뭔가가 계속 굴러가야 하는 사람인 거죠. 그래서 그 불안함으로 어떻게든 무언가 해보려고 하다가 나온 게 두낫띵클럽이었어요. 처음에는 규림이가 저를 달래는 정도였는데, 이제는 안 되겠다 싶었던 거죠. 그래서 인스타그램 계정부터 만들라고 한 거예요. (웃음)

참새 아무것도 안 하는 계정 만들어.

승희 처음엔 실질적인 조언을 해주다가, 안 되겠다 싶어서 저한테 '재미'를 준 거죠. 그러니까 두낫띵클럽에 관한 수다를 떠는 것만으로도 즐겁더라고요. 일종의 선언 같은 거였죠. 근데 많은 분들이 두낫띵클럽을 둘이서 퇴사하고 하는 일종의 '프로젝트'라고 생각하시더라고요. 그런데 진짜 그렇지는 않았거든요.

*마케터이자 작가인 두 동료, 이승희와 김규림이 만든 '아무것도' 하고 싶지 않은 백수 듀오. @donothingclub.seoul

사업자등록증도 없었는데, 사업 제안이 진짜 많이 왔어요. 저희는 정말 재미로 한 건데 사업적으로 바라보시더라고요. (웃음)

참새 지금은 어떤 상태에요?

승희 지금은 그냥 계정이 있는 상태죠. 우리끼리 그냥 재미였던 거니까.

참새 영원히 해체하지 않는 그룹 같네요.

승희 각자 취업해서 해체했다고 말하기는 했는데요. 다시 저희가 쉴 때 또 재미로 쓰지 않을까 싶어요. 그런데 '두 낫띵(Do Nothing)'이라는 말 자체가 많은 사람들에게 위안을 줬던 것 같아요.

참새 어, 맞아요. 맞아요.

승희 저를 위한 말이었는데. (웃음) 그래서 저도 큰 위안을 받았어요. 많은 분들이 메시지로 아무것도 안 해도 된다고 말해줘서 너무 고맙다고 하는데… 상상도 못한 반응이었어요. 취준생도 있었고, 회사원도 있었고, 집순이도 있었고….

참새 그분들도 저희와 비슷하게 뭔가를 해야 한다는 강박, 내지는 내가 아무것도 안 하고 있다는 조바심, 혹은 완전 그 반대 급부로 내가 뭔가를 너무 많이 하고 있다는 벅참, 그 모두를 껴안고 있을 것 같은데요. 저는 지금 약간 후자거든요. 불안해서 세상의 모든 것을 다 끌어안으려고 하는데, 저같이 마구잡이로 일을 벌이는… 조마조마한 선수들한테 한마디 해주신다면요.

승희 저도 뭔가를 많이 하잖아요. 상대적이긴 하지만 그렇게 보이는 이유도, 많이 올리니까 그래요. 하나를 해도 막 열 번씩 말하니까. 그런데 저는 참새 님을 비롯한 분들을 보면 확실히 콘텐츠의 힘을 믿게 돼요. 아무것도 안 하는 것도 좋지만, 이것저것 하면서 스트레스도 받아보고, 자기의 매력을 막 뿜어내는 시기가 저마다 있는 것 같아요. 정작 본인은 스트레스받을지라도요.

저는 어떤 사람의 일하는 모습이나 몰입하는 모습을 보면 사랑에 빠진다고 생각하거든요. 그런데 배우나 가수들의 몰입하고 있는 순간을 저희가 계속 보고 있는 거잖아요. 무대에서 혹은 스크린에서요. 대중이 연예인에게 빠지는 이유인 거죠. 저는 누군가의 몰입하는 순간을 보는 걸 좋아해요. 본인이 막 벌여도 보고, 고통스러우면 좀 쉬었다가 가기도 하고요. 그래서 저는 그냥 마음껏, 해봤으면 좋겠어요. 주변에서 너 왜 이렇게 뭔가 많이 하냐는 소리를 들을 정도로요. 그냥 "내 맘이야." 할 수 있잖아요.

참새 이게 좋아하는 일은 맞는데, 괴롭잖아요. 그게 정말 역설적인 거란 말이에요. 내가 좋아하는 일을 하는데 왜 괴로울까 이런 생각을 해보다가, 이게 되게 자연스러운 거라고 결론을 내렸어요. 괴롭지 않으면, 그건 저한테 더 이상 일이 아닐 것 같아요. 지금 내가 이걸 하면서 괴롭다는 건 내가 더 잘하고 싶다는 증거고, 내가 무언가를 더 발전시키고 싶다는 걸 반증하는 거라고 생각하니까 그 괴로움마저도 긍정적으로 받아들일 수 있게 되더라고요.

승희 맞아요. 100 중에 1만 행복해도 나머지 99를 가져갈 수 있으니까요. 근데 100만큼 행복한 일이 많지는 않은 것 같아요. 마케팅이라는 일도 외부에서 보면 엄청 화려해 보일 수 있잖아요. 그런데 보이지 않는 자잘한 일들이 훨씬 더 많거든요. 그런데 작은 하나가 나한테 성취감이나 동기부여가 되면 아무리 힘들고 괴로워도 끌고 갈 수 있어요.

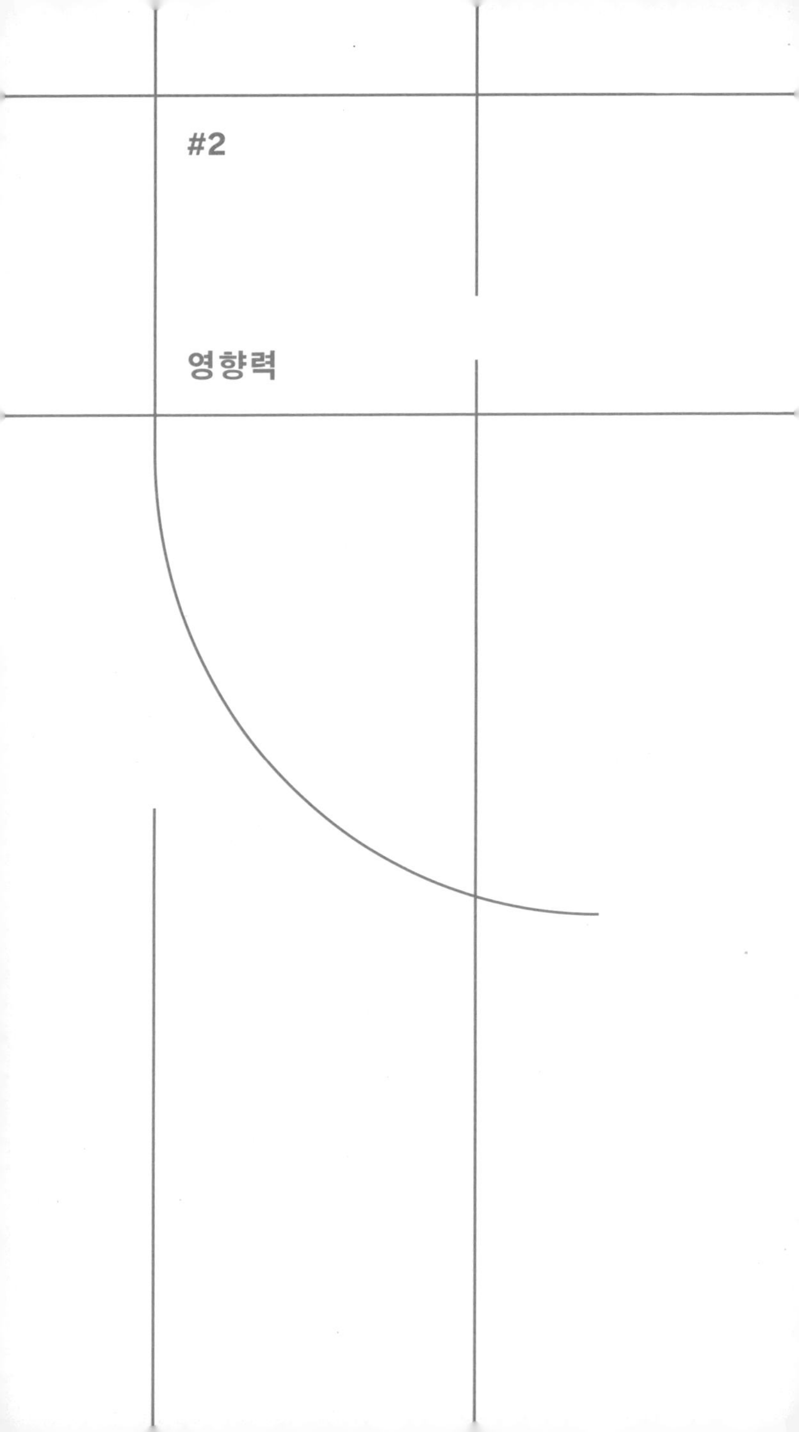

#2

영향력

'내'가 어딘가로 가닿을 수 있음에 대하여

행동에는 의지가 필요하다. 하지만 의지라는 것이 무작정 솟아날 수 없음을 우리 모두 잘 알기에 끊임없이 듣고 보고 느끼려 하는 것이겠지. 내 바깥의 사람들이 무엇을 어떻게 생각하는지, 그래서 우리는 어떤 우리가 되어야 하는지를 계속 고민하게 된다. 고민해야 한다. 그래서 누군가를 움직이게 만드는 힘은 절대 당연할 수 없고, 어쩌면, 무서운 것일지도 모른다.

참새 제가 승희 님을 생각할 때 직관적으로 떠올랐던 단어가 '영향력'이었어요. 실제로 제가 목격한 사례들도 있고요.

승희 (웃으며) 목격이라뇨.

참새 말이 너무 이상한가요. (같이 웃는다) 체감해보았다고 하겠습니다. 그런데 거기에는 양가적인 면모가 있을 것 같아요. 저는 가끔 너무 많은 사람이 나를 보고 있다는 생각을 하면…

승희 무섭죠. 숫자로 볼 때.

참새 네, 무서워지고 조심스러워지더라고요. 옛날 같았으면 별로 생각 없이 했을 행동도 한 번 더 검열하게 되고, 이런 말을 해도 될까라고 점검하게 돼요. 그런데 승희 님은 저보다 훨씬 독자님이 많잖아요. 그러면 그게 더 많이 느껴지실 것 같거든요. '내가 무엇을 보고 듣고 말하는 게 정말 중요하구나, 혹은 그런 순간이 이미 왔구나.' 하고 체감한 적이 있으신가요?

승희 호치민 여행을 간 적이 있었어요. 코로나 전이었죠. 당시에 반일 감정이 되게 커서, 일본 제품 불매 운동이 심할 때였거든요.

그런데 호치민에 너무 멋진 유니클로 매장이 있는 거예요. 호치민의 로컬 아티스트들이랑 협업해서 정말 멋진 매장을 선보였었어요. 그래서 제가 그걸 영감 계정에 올렸는데, 욕을 좀 먹었죠. (웃음)

참새 정말요?

승희 아무리 호치민이라고 해도 이건 좀 아니지 않냐는 반응이 엄청 많았어요. 그때 깜짝 놀랐죠. 그 이후로 행동을 똑바로 해야겠다는 생각을 많이 했던 것 같아요. SNS가 내 자유 채널이기는 하지만, 조심하게 된 건 맞아요.

그중에서도 제일 조심하려고 하는 부분은, 누군가에게 상처 주는 말을 하지 않는 거예요. 저도 취향이 있으니까 어떤 게 별로일 수 있잖아요. 그런데 별로인 건 절대 어디에 올리거나 평가하지 않아요. 저도 마케팅하면서 늘 열심히 하지만, 대중의 반응이 매번 똑같지는 않거든요. 별로일 때도 있어요. 하지만 저희는 늘 최선을 다해요. 예산 같은 내부적인 한계가 있을 때, 저희 마음대로 잘 안 되거든요. 그런 경험을 직접 해보니까 이게 어떤 프로젝트의 최선일 수도 있겠다고 깨달은 거죠. 내부의 상황을 모르는 채로 절대로 쉽게 판단하고 평가하지 말자고 다짐했어요. 책도 비슷해요. 어떤 책을 읽으면서 제가 절대로 평가할 수 없는 이유는, 읽는 일과 쓰는 일이 정말 다르기 때문이에요. 직접 써보면 제 글 수준이 얼마나 처참한지 느끼게 되거든요. 읽을 때는 좋은 글이 뭔지 아는데, 막상 쓰려고 하면 그렇게 안 되잖아요. 그러니까 그런 걸 자꾸 경험하면서, 평가하지 않게 된 거죠. 생산자 입장에 설수록 쉽게 말하지 않게 되는 것 같아요.

참새 아무도 다치지 않는 말을 하고 싶으신 거군요.

승희 근데 그런 건 있어요. 해야 할 말을 하기는 해요.

참새 틀린 말을 정정한다거나 하는 거요.

승희 그런 경우일 수도 있고, 욕은 먹을 수 있지만 내 생각을 전달해야 할 때요. 어떤 걸 보더라도, 내 생각을 안 쓸 수 있잖아요. 그런데 생각을 정리하고 써야겠다는 마음이 들 때는 또 쓰는 것 같아요. 참새 님도 그렇지 않나요? 이번 세월호

7주기 때, 희생자 304명의 이름을 하나하나 낭독하는 영상을 올려주신 거요. 그런 것도 사실 안 할 수 있잖아요, 안 해도 되고요. 그런데 그냥 해야겠다는 마음이 드는 일들이 있지 않나요?

참새 저도 매년 그러지 않았어요. 심지어 저는 참사 당시에 제 나이와 그 아이들의 나이가 거의 같았어요. 몇 개월 차이가 안 났죠. 제 또래 아이들한테 그 일이 정말 크게 남아 있지만, 너무 무력한 거예요. 아무것도 할 수 있는 게 없고, 차원이 다른 문제와 싸워야 하는 것 같아서 매년 4월 이맘때쯤이 되면, 그냥 모르는 척했어요. 마음속으로만 아파했죠. 그러다가 저를 지켜봐주시는 분들이 늘어나니까, 그 사실이 무서우면서도, 여태 하지 못했던 무언가를 할 수 있는 기회가 아닐까 그런 생각을 한 거죠. 저를 응원해주시고 지지해주시는 분들께 제가 말하고 싶은 걸 알리고 싶었어요.

승희 그걸 보고 저도 영향을 받았거든요. 단 한 명이라도 누군가를 기억할 수 있다면, 내가 쓰는 것만으로도 누군가에게 큰 위로가 될 수 있다면 움직이게 돼요.

참새 저도 의도치 않게 저를 너무 많이 노출하면서 살아가고 있는데요. 승희 님도 마찬가지고요. 그에 따른 기쁨도 많으실 것 같아요. 아까 말씀해주신 것처럼 불특정 다수에게 굉장히 많은, 감사한 말씀을 들으신다고 하셨잖아요. 저도 그래요. 저를 노출하지 않았다면 없었을 행운이죠. 그런 건 없어요? 막 길 가다 알아보고….

승희 (웃으며) 진짜 가끔. 근데 그게, 예를 들면 저 같은 사람들이 모일 만한 장소에 갔을 때 종종 그래요. 저를 팔로우하고 있는 분들이 대부분 마케터 지망생들 아니면 마케터다 보니까, 마케터가 갈 만한 한정판 행사나 팝업 스토어 가면 마주쳐요. "어, 승희 님!" 하고요.

참새 저도 빈번하지는 않은데… 가끔… 진짜 가끔.

승희 어떤 장소에서 마주쳐요?

참새 서점!

승희 (박수 치며) 그렇죠, 마주칠 만한 데서 마주친다니까요.

참새 그럼 반대로 승희 님이 누군가의 영향력을 체감해보신 적도 있으세요?

승희 저도 모르게 누군가가 툭 던진 한마디 말을 종일 곱씹게 될 때요. 그럴 때 말의 힘과 영향력이 엄청 세다는 걸 느껴요. 그 한마디로 계속 고민하는 저를 볼 때, 한 사람이 하는 말의 영향력이 나한테 크게 작용한다고 느껴요.

이슬아 작가님이 <일간 이슬아>에서 인터뷰 코너를 시작하면서 그러셨잖아요. 마이크를 나누어 쥐고 싶다고. 자기가 가지고 있는 목소리의 힘을 나누고 싶다고요. 그걸 보면서 좋은 영향력에 대해 많이 생각하게 된 것 같아요. 슬아 작가님이 아니었다면, 제가 어떻게 그분들의 이야기를 들을 수 있었겠어요. 그럴 생각도 못했을 거고요. 어디서도 해결해주지 못한 문제들도 한 사람이나 어떤 페르소나를 가지고 있는 미디어가 문제의식을 일으켜서 어떻게든 바꿔나가려는 움직임을 일으키기도 하잖아요. 그런 현상들에서 영향력을 많이 체감해요.

참새 그럼 앞으로 어떤 영향력을 가진 이승희가 되고 싶으세요?

승희 선한 물결을 일으키고 싶어요. 더 나은 방향으로 영향을 끼치고 싶어요. 나 한 명으로 인해서 주변 두 명에게라도 영향을 줄 수 있다면, 그게 정말 해야 하는 일이라고 생각해요.

참새 해야만 하고, 목소리 내야만 하는 일들요.

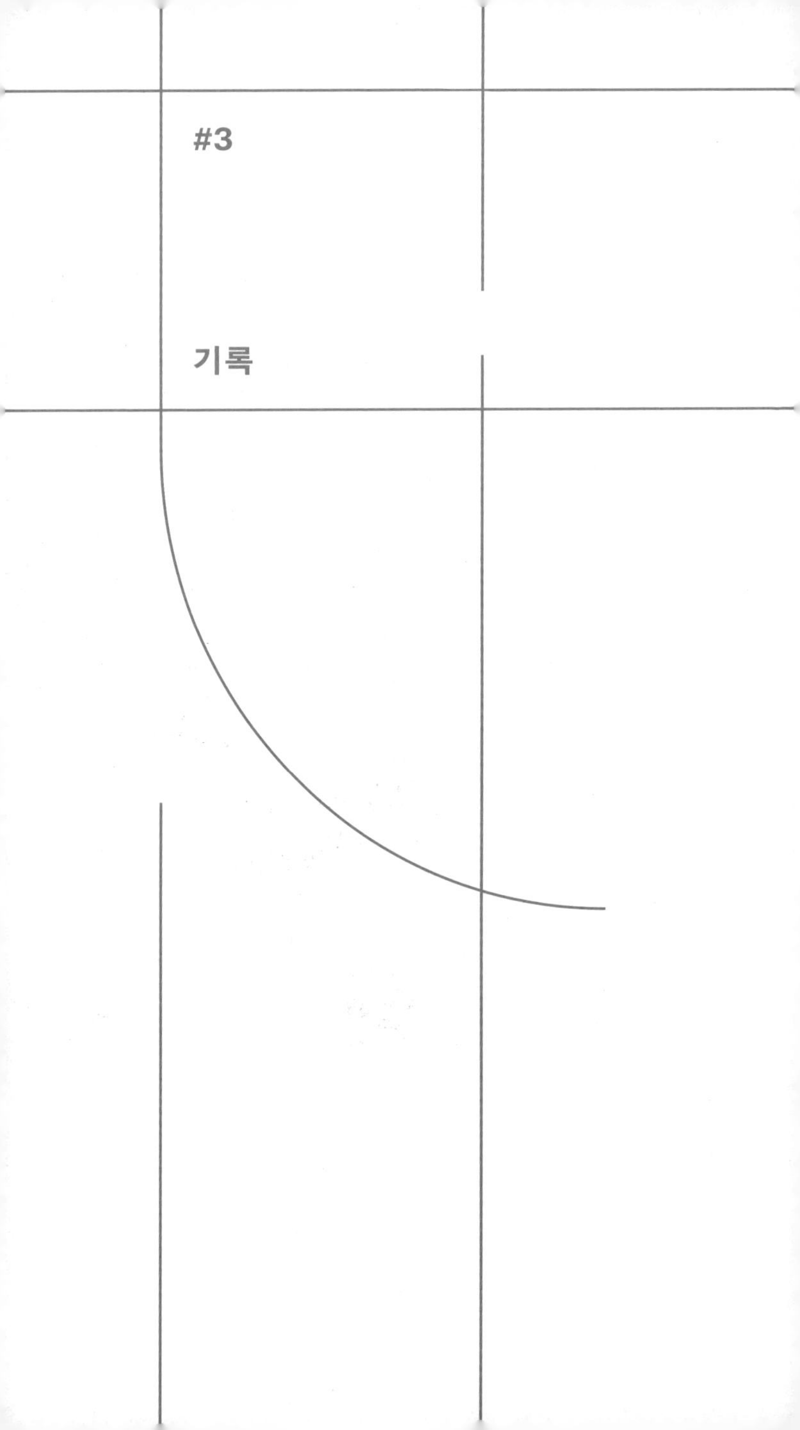

#3

기록

번거롭게 사랑하기

너무나 귀찮고 성가시고 번거로워서
때때로 하지 않게 되는 일, 사이에
새겨진 마음과 말들을 기억하느라
애쓰는 일, 순간을 잃지 않고 싶어
욕심내는 일, 순간을 비우고 싶어
쏟아내는 일, 쌓이고 싶어서 더
넓어지는 일, 넓어지고 넓어져서
연결되는 일, 시간을 봉인하는 일.
이 모두가 기록이다.

yes

참새 승희 님과 계속 영향력이라는 것에 관해서 이야기를 나누었는데, 그 영향력을 일정 정도 확보할 수 있었던 계기로 '기록'이라는 행위를 빼놓고는 말할 수 없을 것 같은데요. '기록자'라고 본인을 소개하기도 하시잖아요. 몇 가지 경로로 기록을 하고 계시나요?

승희 지금 이렇게 인터뷰를 하는 것도 제게는 기록의 일부예요. 제 생각을 다른 채널로 전달할 수 있는 기회잖아요. '섞인다'고 표현하기도 하고요. 전혀 다른 세계를 가진 사람과 만나서 섞이는 인터뷰도 굉장히 소중한 기록이에요. 인스타그램, 블로그, 유튜브, 페이스북 등 거의 다 하죠. 노트도 많이 쓰고요. 다양하게 기록하는 것 같아요.

참새 저도 기록을 많이 하는 편이거든요. 인스타그램 하고, 가끔 음성 메모도 하고요. 블로그도 하고, 그리고 저는 일기를 진짜 많이 써요. (일기장을 펼쳐 든다)

승희 진짜 아름다워요. 텍스트적 인간이다.

참새 그런데 저는 무언가를 배출하기 위해 기록해요. 스스로를 비우고 깨끗해지려고 하는 기록인데, 제가 보았을 때 승희 님이 하시는 기록은 확장을 위한, 외연을 넓혀가려는 관찰이라고 느껴지거든요. 그래서 두 가지 측면의 기록에 대해서 어떻게 생각하시는지 궁금해요.

승희 저도 블로그나 브런치는 확실하게 참새 님이랑 똑같아요. 가끔 일과 관련된 것을 포스팅해야 할 때는 조금 다르게 쓰긴 하지만, 블로그는 확실히 그렇게 쓰고요. 인스타그램이나 페이스북은 말씀하신 것처럼 확장과 선언을 위한 플랫폼인 것 같아요. 보여지고 싶은 모습이나 알리고 싶은 콘텐츠를 노출하죠. 무언가를 담고 싶은 아름다운 그릇인 셈이죠.

참새 그런데 자극이 너무 많으면, 약간 지치지 않으세요?

승희 지치죠.

참새 저는 가끔 세상에 너무 많은 자극이 있어서, 이걸 다 차단하고 싶다는 생각 하거든요. 그런데 그런 요소들을 수집하는 게 승희 님의 일과 연결되어 있기도 하잖아요. 그게 피로로 다가오진 않나요?

승희 지칠 때는 저도 완전히 피해요. 삭제하죠. 내일 다시 깔지언정.

참새 아, 어플을 삭제하는 거예요?

승희 네. 귀찮더라도 삭제해요. 하루라도요. 핸드폰을 꺼버리기도 하고요. 주변 사람들은 제가 잠수를 잘 탄다는 걸 알아요. 너무 지치면, 짧더라도 그렇게 자신을 지키는 거죠. 그런데 수집을 할 때 또 에너지가 너무 충만하면 막 스무 개씩 올리고… 그래서 게시물 많이 올리는 날에 가끔 지인들이 연락 와요. "오늘은 기분이 좋나 봐~" (웃음)

참새 (같이 웃으며) 승희~ 오늘 기분 좋나 봐~

승희 저도 지치면 절대 안 해요. 완전 스스로를 차단하는 스타일인 것 같아요.

참새 스스로를 감지하는 감각이 좋으신 편이네요.

승희 그렇죠. 저는 좋게 말하면 감정이 풍부하고, 안 좋게 말하면 기복이 심하거든요. 상태가 안 좋거나 지칠 때 뭘 보잖아요, 그러면 너무 힘들어요. 그 힘듦을 해소하겠다고 명상 영상을 틀면, 그것마저도 저한테는 자극인 거예요. 그래서 정말 지치면 다 끊어버리죠.

참새 승희 님, 기록의 힘을 믿으시나요?

승희 (웃는다)

참새 저는 안 믿었었거든요. 그런 상투적인 말 있잖아요, 계속하면 나아진다, 무조건 해라, 나아질 거다, 계속해라. 예전에는 그런 말을 안 믿었는데요. 저도 무의식중에 무언가를 계속하게 되고, 또 그게 쌓이고 기록이 되니까 이제 제가 부정하려고 해도 부정이 안 되는 거예요. 왜냐하면 그전의 나보다 지금의 내가 훨씬 나으니까요. 그래서 저도 기록의 힘을 조금 믿기 시작했어요. 승희 님이 생각하시는 기록의 힘은 어떤 것일까요?

승희 여러 가지가 있겠죠. 요즘은 기록이 무언가를 '기억'하게 해주는 것 같아요. 당시의 감정, 당시의 상황, 누군가의 상황, 그걸 다 기억해주는 게 기록이더라고요. 나를 기억하게 해주기도 하고, 타인을 기억하게 해주기도 하고요. 무언가를 기억하게 해주는 일이 세상을 살아가는 힘을 주는 것 같아요. 반대로 누군가에게 힘을 줄 수도 있고요. 그래서 기록이라는 일이 한 시점에 방점을 찍는 일이라고 생각해요. 그리고 기록이 저한테 굉장히 많은 기회를 줬어요.

참새 아, 그렇죠.

승희 오늘 참새 님을 이렇게 만나게 된 것도 기록이 제게 준 기회 중 하나죠. 아무것도 기록하지 않으면 어떠한 만남도 이루어지기 어렵잖아요. 작은 파편이라도 나의 것을 남긴다면, 누군가와 계속 연결되고 일에 대한 기회도 생기는 것 같아요.

참새 저는 승희 님이 기록이라는 행위 자체로 보여줄 수 있는 가능성을 몸소 증명하셨다고 생각하거든요. 향후 계획 같은 게 있으실까요? 기록을 중심으로요.

승희 저는 아까 말한 것처럼 계획을…

참새 안 세우신다고 하긴 했지만요.

승희 조금 더 다양한 갈래로 기록해보고 싶은 마음은 있어요. 예전에는 일에 대한 기록이 대부분이었어요. 그런데 지금은 다양한 사람들의 이야기를 기록해보고 싶기도 하고요, 다른 분야의 기록도 해보고 싶어요. 제가 다른 걸 잘 안 해요. 너무 일에만 미쳐 있는 것 같은 거예요. 내면의 카테고리를 넓혀가고 싶어요. 다양하고 다채롭게요.

참새 사실 기록이 참 번거로운 일이잖아요. 글을 쓰고, 사진을 찍고, 어떻게 보면 정말 귀찮은 일들이죠. 그런데 우리는 그 번거로운 과정이 있어야만 기억을 한다고 하더라고요, 슬아 작가님이. (웃음) 그래서 그 번거로움을 이겨내고 무언가를 기억하기 위해서 하는 게 글쓰기 내지는 기록이 아닐까 이런 말을 했는데, 저도 많이 공감했어요.

승희 기록은 왜 이렇게 번거로운 걸까요?

참새 사랑해서…? 사랑이 되게 번거롭잖아요.

승희 나 지금 소름 돋았어.

참새 다 기억해야 하잖아요. 얘는 이런 걸 싫어하고 이런 걸 좋아하고….

승희 너무 좋은 답변인 것 같아요. 저는 '수고로움'이라는 단어를 좋아하는데, 되게 비슷한 느낌이에요. 저한테 '번거롭다'라는 건 부정적인 의미로만 있었는데, 이렇게 들으니 좋게 다가오네요.

참새 이승희의 영감이 되었다.

승희 오늘의 영감.

(일동 폭소)

참새 계속해서 새로운 환경을 마주하게 될 거잖아요. 자유로운 환경이 될 수도 있고, 또 다른 곳에서의 소속이 될 수도 있겠죠. 새로운 환경에서의 이승희는 어떤 속도로 달리게 될까요?

승희 다양한 곳에 소속되면서 느낀 건, 환경마다 속도가 다 다르다는 거예요. 나는 내 속도가 평균값이라고 생각하고 살잖아요. 그런데 여기는 엄청 느리게 가고, 저기는 엄청 빠르게 가고. 환경에 따른 속도감의 차이를 크게 느꼈어요. 그래서 이제 드는 생각은, 나의 속도로 맞추려고 하지 말고 그 환경의 속도로 살아보고 싶어요. 느리면 느린 대로, 빠르면 빠른 대로 내가 적응할 수 있는 만큼요. 마라톤에도 페이스 메이커가 있잖아요. 제가 너무나 새롭고 낯선 환경을 직면하게 될 때, 페이스 메이커가 꼭 있었으면 좋겠다고 생각해요. 그렇지 않으면 혼자서 속도를 찾아가는 건 어떤 환경이든 어려우니까요.

참새 어쨌든, 달리는 건 맞네요. 계속요.

승희 걸을 수도 있죠.

참새 단지 오래, 오래 할 뿐.

승희 맞아요.

참새 멈추지는 않을 것이다.

남다른 시선으로 새로운 무언가를 끊임없이 만들어가는 원동력에는 '잠깐'의 시간이 있었다. 이 경주의 끝이 어디까지 가닿을지 우리 아무도 모르니까, 조금 오래 걸릴지언정 잠깐은 걸어도 괜찮다고 생각하는 마음. 그런 마음을 기꺼이 내어주는 용기. 대화를 이어가는 내내 미소가 끊이지 않던 그의 얼굴을 보며 이상한 안도감을 느꼈던 이유가 바로 여기에 있었으리라.
무언가를 열렬히 사랑할 줄 알아서, 그 몰입의 순간을 기어코 남겨야만 하는, 번거로움과 수고로움을 기꺼이 감내할 줄 아는 사람. 이승희는 그런 사람이었다.

나를 움직이는 사랑

정지혜

사진: 여나영

한 사람을 위한 ‘사적인서점’ 운영자.
좋아하는 마음을 좇아 책방을 열게 된
이야기를 담아 첫 책『사적인 서점이지만
공공연하게』를 썼고, 좋아하는 마음에 기대
힘든 시간을 이겨낸 이야기를 담아 두 번째
책『좋아하는 마음이 우릴 구할 거야』를
썼다. 좋아하는 마음이 다음엔 나를 어디로
데려갈지 기대하며 살아간다.

"북 큐레이터(Book Curator)"

내 명함에 적혀 있는 직함이다. 처음엔 낯부끄러웠다. 정확히 말하면, 쪽팔렸다. 내가 무슨 독서의 대가도 아니고, 방금 태어난 것처럼 생겼으면서 책을 골라준다고? 그 누구보다 내가 먼저 나를 비웃었다.

그렇게 '나'라는 과녁을 향한 조소의 화살을 아주 오랫동안 쏘아댔다. 아무리 잘, 많이 팔아도 확신이 서질 않았다. 나보다 더 잘하고 있는 누군가가 자꾸만 눈에 채여 나아갈 수가 없었다.

그런데 '책 처방'이라는 기획으로, 한 사람만을 위한 책을 골라주는 곳이 있었다. '사적인서점'은 그런 무시무시한 일을 하는 곳이다. 나는 생각했다. 저건 불가능한 일이라고, 작은 기적임에 틀림없다고.

하지만 불가능도, 작은 기적 같은 것도 없었다. 다만 쓰러져도 자꾸 일어나서 계속하는 사람이 있을 뿐이었다. 잠깐 휘청이는 법은 알아도 꺾이는 법은 좀체 모르는 나무를 닮은, 그런 사람이 있을 뿐이었다. 내 품에 다 들어올 정도의 둘레를 가진 그 나무를 마음으로 안고 물었다.

"어떻게 이렇게 튼튼해졌어?"

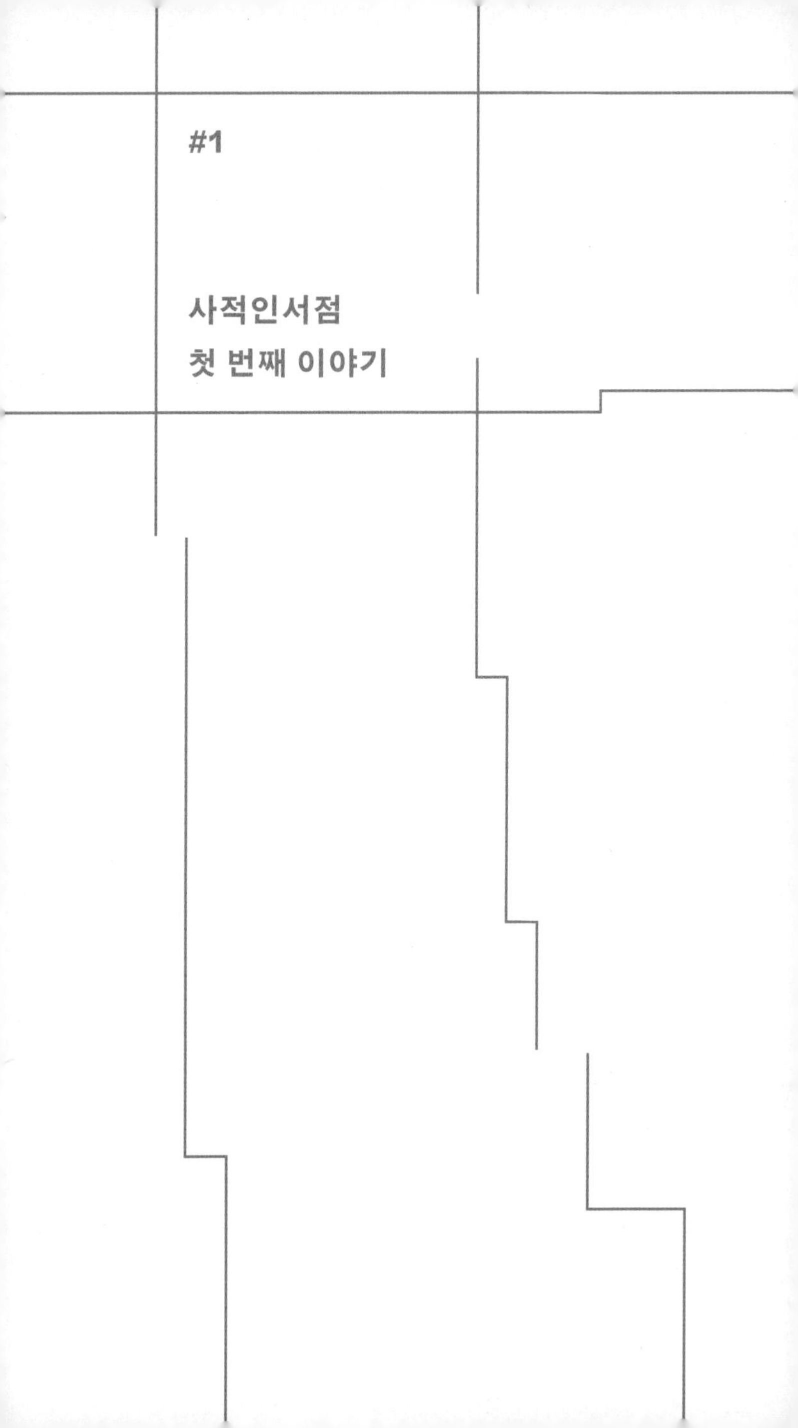

#1

사적인서점 첫 번째 이야기

시작과 불안 그리고 종료

한 사람을 위한 단 한 권의 책. 너무나 소중하고 기적 같은 일이다. 얼마나 많은 이야기를 들어야 하고 얼마나 깊은 마음을 써야 할까. 가늠할 수 없었다. 하지만 당신을 위해 고른 이 책이 어떤 식으로든 쓸모가 있었으면 좋겠다는 바람이 얼마나 구체적이고 아름다운 것인지 조금은 알 것만 같았다.

참새 지혜 님을 더욱 깊게 알게 된 계기는 '제철소'에서 나온 『출판하는 마음』이라는 책이었어요. 지혜 님이 인터뷰이로 나오시잖아요. 저도 그때 서점을 운영하고 있던 터라, 무척 몰입하면서 읽은 기억이 있는데요. 그래서 막, 눈물이 날 것 같더라고요. (웃음) 10년 이상 오랜 시간 동안 같은 일을 지속해오고 있으시니까 그런 의미에서 다르게 할 수 있는 말이 있으실 것 같아요.

지혜 지금 이 자리가 무언가를 시작하고자 하는 사람들에게 도움을 드릴 수 있는 이야기를 나누는 자리잖아요. 저도 이제 11년 차가 되었는데, 이쯤 되니까 확실히 처음 시작할 때와 고민하는 지점이 굉장히 많이 달라졌어요. 여전히 막막한 부분도 있지만요. 처음 일을 시작할 때의 시점에서 지금의 저를 바라보며 생각하다 보니 정리되는 부분들이 많아서 오늘의 대화가 무척 기대돼요.

참새 자기소개 하라고 하면 너무 어려워하잖아요. 그래서 제가 간단하게 지혜 님에 대한 짧은 글을 써 왔는데, 읽어드려도 괜찮을까요?

지혜 네, 그럼요.

참새 "학습만화로 독서의 재미와 유익함을 모두 알아버린 청소녀 정지혜는 도서관을 제집처럼

드나들며 책으로 세상을 배우기 시작했다. 내 손으로 책을 만들어보겠다는 일념으로 상경하여 편집자가 되었다. 책을 만들면서, 책 안의 이야깃거리를 고르고 소개하는 기쁨을 알게 되었고, 홍대 최고의 서점(웃음) 땡스북스에서 3년간 최고의 서점원(웃음)으로 일했다. 좋아하는 일을 나만의 방식으로 하고 싶다는 마음이 켜켜이 쌓여 2015년 땡스북스를 퇴사하고 2016년 한 사람을 위한 서점 '사적인서점'을 열었다. 상경부터 퇴사, 그리고 창업까지, 사적인서점 시즌1의 이야기를 담은 『사적인 서점이지만 공공연하게』, 좋아하는 일에 몰두하다 맞닥뜨린 번아웃을 극복하게 해준 또다른 사랑에 대한 이야기를 담은 『좋아하는 마음이 우릴 구할 거야』의 저자이기도 하다. 사랑에 능했던 그는 사랑하는 책을 만들기도 팔기도 했으며, 쓰기도 했다. 책을 향한 깊은 애정과 그것이 주는 용감함으로 책 주변을 맴돌았던 지난 10년. 사랑만이 정지혜를, 그리고 독자들을 움직이게 한다."

지혜 너무 잘 소개해주셔서 덧붙일 게 없네요. (웃음) 사적인서점 시즌1을 종료하고, 시즌2를 시작하기 전까지 2년 정도의 시차가 있었어요. 그때 군산에 있는 '마리서사'라는 서점을 위탁운영 하면서 재충전하는 시간을 가졌는데요, 이 부분을 아시고 오늘 이야기를 나누면 조금 더 도움이 될 것 같아요.

참새 바로 연결 지어서 대화를 나눠볼까요? 그때가 2018년 즈음이었죠. 사적인서점 시즌1을 종료하고 군산에 내려가셨는데요. 그때 번아웃이 왔다고 알고 있어요. 그런데 그때는 이미 사적인서점을 운영하고 계실 때였잖아요. 굉장히 힘들다는 것을 인지했지만, 1년 넘게 더 일을 하셨고요. 그 후, 시즌1을 공식적으로 종료하셨는데요. 사실 요즘 번아웃이라는 말이 굉장히 과하게 소비되고 있고 그리고 모두가 인지하지 못할 정도로 너무나 힘들어하고 있잖아요. 그럼에도 "나 번아웃이야."라고 말을 하는 것도 큰 용기가 필요한 일 같더라고요. 저 역시 비슷한 감정을 느꼈었지만, '내가 번아웃이라고 하기에는 좀 그렇지 않나?' 이런 생각을 많이 했었거든요.

지혜 그런 생각을 했던 이유에는 어떤 것들이 있나요?

참새 음…. 제 주변 사람들도 저만큼 힘드니까요. 그리고 힘들다고 해서 그만둘 수 없는 상황이었어요. 계속 해야 했고요. 제게는 번아웃이 지혜 님에게 있어 어떤 터닝포인트가 된 듯한 느낌이었는데요. 그때의

심정을 조금 구체적으로 들어보고 싶어요.

지혜 자각할 수밖에 없었던 이유는 번아웃이 증상으로 나타났기 때문이었어요. 스스로 외면할 수 없는 수준까지 갔기 때문에 혼자서 해결할 수 없는 부분이라고 인지하게 된 순간이었죠. 땡스북스를 퇴사하고 사적인서점을 열기까지 약 10개월의 시간이 있었는데, 그 시간을 포함해서 3년 정도를 쉬는 날 없이 일을 하다 보니 물리적으로 너무 지쳐 있었어요. 그리고 처음으로 회사를 나와 혼자서 일을 하다 보니 거기서 오는 힘듦이나 어려움도 있었고요. 저도 사실 참새 님처럼 처음에는 인정을 못했어요. 번아웃이라고 인정하는 순간 내 선택을 후회하는 게 되어버릴까 두려웠고, 번아웃에 대처하려면 일을 멈춰야 하는데 그럴 수는 없었으니까요. 그래서 저도 고민이 많았죠. 그러다 증상으로 나타나기 시작했던 게, 그냥 가만히 있는데도 눈물이 막 나는 거예요.

참새 (같이 운다)

지혜 길을 가다가 주저앉아서 운 적도 있었고, 서점에 손님들이 언제든 들어올 수 있는데도 이유 없이 눈물이 자꾸 나는 거예요. 이대로 가다가는 내가 큰일날 수 있겠다는 생각이 들어서 심리 상담을 받기 시작했죠. 그러고 나서도 1년 정도 서점을 더 했어요. 번아웃인 걸 알고서도요. 하지만 심리 상담은 임시방편이잖아요. 제게는 근본적인 해결책이 되지 않더라고요. 사적인서점을 연 지 만 2년이 되었을 때, 이렇게 계속 가다가는 나라는 사람의 아주 중요한 부분이 망가질 것만 같아서 잠시 멈추기로 했어요. 그래서 군산에 내려가게 되었는데요. 당시에 느꼈던 감정이 힘듦이라고 생각했는데, 지금 생각해보니 '당혹스러움'이었던 것 같아요.

참새 처음 느껴보는 감정이니까요.

지혜 왜냐하면 좋아하는 일이 나를 힘들게 할 수 있다는 걸 단 한 번도 상상해본 적이 없었거든요. 땡스북스를 그만두고, 서점을 여는 게 저에게는 인생의 목표 같은 거였어요. 내 서점을 열고, 심지어 그게 잘되면 더 이상 바랄 게 없을 것 같았죠. 동화책의 결말처럼, "그렇게 행복하게 살았습니다."라고 끝날 줄 알았는데, 현실은 그게 아닌 거예요. 게다가 서점이 굉장히 빨리 자리를 잡아서 정말 많은 사랑을 받게 되었는데도 힘든 감정이 여전히 존재하니까, 왜 이 감정이 사라지지 않을까, 왜 나는 내가 좋아하는 일을 하고 있고 잘되고 있는데도 이렇게 고통스럽고 힘들지,

그 양가적인 감정이 너무 당혹스러운 거예요. 좋아하는 일 때문에 괴로워질 수 있다는 걸 한 번도 생각해본 적이 없었기 때문이죠.

편집자로 일할 때도 똑같은 감정을 느꼈었어요. 그런데 그때는 사회 초년생이었으니, 아직 '진짜' 좋아하는 일을 찾지 못한 거라고 생각했죠. 그래서 선택한 것이 서점원으로서 일하는 것이었고 확실히 편집자로 일할 때보다 더 잘 맞았어요. 너무 좋아서 서점까지 차린 건데, 이게 내가 좋아하는 일이 아니라는 생각은 안 들었거든요. 이보다 더 좋아할 수 있는 일이 없을 것 같은데, 힘에 부치니까 거기서 오는 당혹스러움이 정말 컸던 것 같아요. 이 감정을 해결하지 않고는 계속할 수 없겠다는 생각이 들어서, 되게 극단적으로 (웃음) 그만뒀죠.

참새 저도 지금 그때를 생각해보면 번아웃이 맞았던 것 같아요. 제가 일했던 서점은 음료를 함께 파는 공간이었거든요. 그런데 서빙을 하러 가는데, 그냥 눈물이 나는 거예요.

지혜 어어엉….

참새 손님한테 가야 하는데! 마스크를 껴야 하는 게 얼마나 다행이던지요. 그런 상태가 꽤 오래 지속되었는데도, 8개월가량 일을 계속했거든요.

지혜 다른 대안이 없으니까요.

참새 네, 지금 생각해보니까 나도… 많이 힘들었구나… (웃음) 그런 생각이 드네요. 그런데 저는 당혹스러움이 주는 힘듦도 있었겠지만, 자영업 자체가 주는 본질적인 불안함도 있을 것 같아요. 저는 매달 1일이 되면 방금 막 태어난 것 같은 아슬함이 느껴졌어요. 알 수 없는 다음의 30일을 예측하느라 그런 건데요. 언제 망해도 이상하지 않은 게 서점이니까, 라고 나를 달래가면서 서가에 서곤 했어요. 너무 많이 잘 팔려도 불안했어요.

지혜 계속 그렇게 잘 팔릴 거라는 보장이 없으니까요.

참새 또 너무 안 팔리면 그건 그거대로 너무 불안하고.

지혜 버텨야 하니까요.

참새 평정심 유지가 잘 안 되었던 게 본질적인 문제 같더라고요.

지혜 맞아요. 자영업이라는 게 그런 측면이 강하죠. 회사는 내가 150% 일을 하든 50% 일을 하든 (물론 성과급이라는 제도가 있긴 하지만) 기본적으로

월급은 똑같잖아요. 약속된 날짜에 약속된 금액이 들어온다는 게 보장되니까 거기에서 오는 안정감이 있는데요. 자영업은 본질적으로 제로가 아니라 마이너스 같아요.

참새 (폭소)

지혜 왜냐하면, 고정 지출이 있잖아요. 월세라든지 인건비라든지 하는 게 있기 때문에 자영업이라는 건, 가만히 있으면 제로가 아니라 마이너스인 거죠. 그런 상태가 주는 불안함이 있다고 생각해요.

참새 그래서 '내'가 계속 무언가를 해야 한다는 압박감이 있는 거죠.

지혜 사실상 쉬는 날을 줄 수가 없는 거죠. 이날을 쉬어버리면 제로인 게 아니라, 하루 치 월세가 나가고 있는 거니까요. 이때 내가 뭐라도 하면 조금이라도 보탬이 된다는 마음 때문에 못 쉬었죠. 그렇게 물리적인 쉼과 여유를 줄 수 없었던 게 번아웃의 가장 큰 이유가 된 것 같아요.

참새 어제… 지혜 님 만나면 대화가 되어야 하니까, BTS 영상을 열심히 찾아봤거든요. 그런데 윤기 씨, 우리 슈가 씨가 그런 말씀을 하셨더라고요. "내가 원하지 않았던 성공 혹은 성취를 이루었을 때의 부담감이 너무 크다."고요. 지혜 님도 준비되지 않은 상태에서 성공을 경험해서 굉장히 당혹스러웠다는 말씀을 매체에서 하셨잖아요. 그래서 불안이 너무 컸다고 덧붙이셨는데, 과연… 무엇이 준비되어 있었어야 했을까요?

지혜 당시에는 제가 준비가 안 된 상태에서 너무 갑자기 큰 사랑을 받아서 감당하지 못했던 거라고 생각했는데, 지금 다시 생각을 해보면, 애초에 완벽한 준비는 없는 것 같아요. 준비가 안 되어서 힘들었다기보다는 처음 해보는 거니까 당연히 힘들었던 거라고 생각해요. 서점이 자리를 잡고 알려지기 시작하다 보니, 스스로 벌이는 일도 있지만 외부에서 들어오는 일들도 있잖아요. 제 스케줄은 제가 계획할 수 있지만 외부의 스케줄은 예측할 수가 없어서 힘들었어요. 지금은 제 능력을 가늠하는 감각이나 일의 종류를 구분하고 판단하는 나름의 기준이 있는데, 당시에는 모든 게 처음이니까 '일단 한번 해보자, 하면 뭐라도 도움이 되겠지.'라는 마음이었어요. 사실 해보지 않으면 기준점을 만들 수가 없는 건 맞으니까요. 지금 돌이켜보면 힘듦이 당연했던 거라는 생각이 들어요. 끝까지 해봐야 내 한계가 어디까지인지도 알 수 있는 거고요.

대신 아쉬운 점이 있다면, 제가 열심히 해서 얻는 성과 외에 '운'이라는 것도 있다고 생각하거든요. 열심히 한다고 사실 다 잘되는 것도 아니고, 열심히 했는데 안 될 수도 있고, 열심히 하면서 기대한 것보다 두세 배 더 좋은 결과가 올 수도 있는 건데요. 여기에는 운이라는 게 작용하는 거잖아요. 올해로 사적인서점 6년 차인데, 초반 1~2년 차에 너무 큰 운이 들어왔다고 생각해요. 제가 사적인서점을 차렸을 즈음에 독립서점 붐이 불었어요. 매체에서도 굉장히 많은 주목을 받았고 딱히 노력하지 않아도 홍보가 됐었다면, 지금은 상대적으로 예전보다는 그런 관심 자체가 줄어들었다고 느끼거든요. 그래서 그 시기에 정말 큰 운이 찾아와서, 제가 하는 것 이상으로 더 좋은 성적을 내고 더 좋은 효과를 냈었던 거죠. 다만 당시에 저는 너무 어렸고 막 시작하는 단계였던 거예요. 여러 경험으로 나에 대한 기준점이 생긴 지금은 예전과 같이 일이 들어온다면 조금 더 유연하게 대처할 수 있을 텐데 싶죠. 그때는 제가 그런 기회들을 잘 활용하지 못했다는 아쉬움은 있어요.

참새 저도… 요즘 약간… 그런…

지혜 운이 몰리나요?

참새 네, 운도 몰리는데, 너무 많은 기회들이 와요. 그런데 제가 너무 불안하니까 그걸 다 채고 싶은 거예요.

지혜 당연해요.

참새 이 기회가 언제까지 지속될지 모르니까요. 그러다 보니 뭔가… 한계 직전까지 가게 되더라고요. 일의 머리라는 게 한정되어 있는데, 유연하지가 않다 보니까 어느 순간 더 이상 일을 벌이면 안 되겠다고 생각하게 되더라고요. 사실 이것도 어떻게 보면 초조함이나 불안에서 기인하는 몸짓이라고 생각하거든요. 다른 인터뷰에서 '자동차'로 비유를 하셨잖아요. 내가 무슨 차종인지를 알아야 한다고요. 내가 슈퍼카가 아닌데, 슈퍼카만큼의 속도로 달리면 고장이 나는 건 당연한 일이라고 하셨죠. 저는… 경차 정도인 것 같습니다.

지혜 그런데 이제 막 시작하시는 분들은, 한번 전속력으로 차가 퍼질 때까지 달려보셨으면 하는 마음은 있어요. 저도 그렇게 달려보았기 때문에 내 속도가 어디까지인지를 아는 것이니까요. 다만 그게 너무 무리를 해서 영원히 운전도 못할 만큼이 되면 안 되겠지만요. (웃음) 그래도 어느 정도까지는 밀어붙여보는 경험은 처음 시작할 때 필요하긴 하니까요.

참새 여러 매체에서 지혜 님에 대해 알아가며 크게 공감했던 지점이, 나도 모르게 내가 너무 많이 드러나는 상황이 되어버렸고, 그래서 나를 끊임없이 노출해야 한다는 것에 과로감을 느꼈다고 말씀해주셨는데요. 저도 비슷해요. 저는 드러나기 위해서 일을 시작한 게 아니거든요. 책에 대해 이야기하는 일이 너무 좋았고, '내가 좋아함'에 대해 조금 더 섬세하고 길게 설명할 수 있다는 걸 깨달았기 때문에, '책에 대해서 이야기해볼까?' 하는 마음이 더 컸는데요. 어느 순간 그게 전복된 거예요. 이 책이 어떤 책인지가 아니라 제가 어떤 문장으로 소개하고 어떤 책을 고르고 어떻게 보고 있는지가 훨씬 더 중요해지는 시점이 오니까, 한편으로는 너무 감사한데 또 한편으로는 너무 무섭더라고요. '나한테 실망하면 어떡하지?', '내가 고른 이 책이 그들에게 별로면 어떡하지?' 이런 생각이 너무 많이 들었어요. 그런 과로감을 (물론 아직도 조금 느끼고 계시겠지만) 유쾌하게 대처하셨다면, 귀띔 좀 해주세요. (웃음)

지혜 시즌1 때 저를 힘들게 했던 여러 가지 요인 중, 일의 양 다음으로 저를 괴롭혔던 게 말씀하신 노출에 대한 피로감이었어요. 사람들이 나를 어떻게 생각하는지, 사적인서점에 대해서 어떻게 이야기하는지가 저를 굉장히 힘들게 했었죠. 아마 여러분들도 그러실 텐데, 내가 갔던 식당, 내가 이용했던 곳 SNS에 올리잖아요. 오늘 가봤는데 어떻더라 하면서요. 회사 안에 있을 때는 회사의 평가니까 나와는 그렇게 직접적인 연관이 없다고 생각했던 지점들이, 이제는 '사적인서점=정지혜'가 되어버린 거죠. 물론 좋은 이야기들이 훨씬 많았지만, 좋지 않은 말 하나가 마음에 더 크게 남잖아요. 보면 상처받을 걸 알면서도 자꾸 검색해서 더 찾아보고 그랬어요. 거기에 너무 영향을 많이 받으니까, 당시 상담 선생님과 이 문제에 대해 많은 이야기를 나누었거든요. 잘 알지도 못하면서 사적인서점에 대해, 저에 대해 이러쿵저러쿵 이야기하는 사람들은 지혜 씨 인생에서 아무런 존재감도 영향력도 없는 사람들인데 왜 그런 사람들에게 행복의 키를 쥐여주느냐고, 저에게 중요하고 소중한 사람들의 이야기에만 귀 기울이면 된다고 선생님이 말씀해주셨는데, 사실 잘 안 됐죠. 그거 너무 어렵잖아요.

참새 그렇죠. 제일 어렵죠.

지혜 그런데 저는 이걸 딱 멈추게 된 계기가 있었는데요. 이런 생각 회로를 '자해'라고 생각했어요. 제가 저를 해치는 거죠. 사람들이 나에 대해서 평가하고 이야기하고 하는 부분에서 휩쓸리는 게, 아마 참새 님도 그러실 텐데, 사실 잘 모르는 사람들이 지나가면서 하는 이야기들은 들을 때는 기분이 나쁘지만 하루 이틀 정도 지나면 잊어버리잖아요.

참새 ….

지혜 … 안 그러신가요?

참새 네에….

(일동 폭소)

지혜 제 경우에는, 당시 잠깐의 기분은 안 좋을지 몰라도 그렇게까지 저에게 타격을 입히지는 않거든요. 그런데 내가 정말 좋아한다고 생각했던 사람, 아니면 내가 인정받고 싶어 하는 사람에게 부정적인 평가를 받고 있다고 생각했을 때 마음이 되게 괴롭더라고요. 그럼 안 보면 되잖아요. 자꾸 보니까 괴로운 거죠. 마음으로 상처받는 건 눈에 보이지 않으니까 내가 모르잖아요. 그런데 그걸 눈에 보이는 행위로 생각을 해본 거죠. 상처가 남는 곳이 마음이 아니라 몸이라고 생각해보면, 내가 나를 계속 자해하고 있는 거잖아요. 상처받는 걸 알면서도 보는 거니까요. 그렇게 생각한 다음부터는 단 한 번도 부정적인 평가나 이야기들을 부러 찾아보지 않았어요.
그러니 자연스럽게 정리가 되더라고요. 그전에는
뭔가를 결정할 때도 그런 부정적인 평가들을 크게
의식했는데, 안 보기 시작한 다음부터는 굉장히
자유로워졌어요. 지금은 사적인서점에 대해 근거
없는 비난을 하거나 건강하지 못한 방식으로
피드백을 하는 사람들을 보면 바로 차단해요. 그런
식으로 제 눈에 띄지 않게, 저를 지키는 거죠. 그러고
나서는 이 문제에 대해서 전보다 훨씬 덜 고민하게
되었어요.

참새 튼튼한 갑옷이 장착된 느낌이네요.

지혜 저를 지키는 일이 더 소중하다는 걸 알게 된 거죠.

참새 『어른이 슬프게 걸을 때도 있는 거지』를 쓴 박선아
작가님께서 "굳이 싫어하는 걸 말하지 않고
좋아하는 것만 말하며 살아도 충분히 나를 설명할
수 있다."라는 말씀을 해주셨다고 하셨잖아요.
저도 요즘에는 좋은 게 더 좋고, 그런 걸 표현하는
즐거움이 훨씬 더 큰 것 같아요.

그리고 지혜 님께서 '깊이에의 강요*'에
대해 말씀해주신 게 참 여운이 길었어요. 저도
큐레이션이 중요하게 돋보이는 서점에서 일을
했었거든요. 저는 다독가는 절대 아니에요.

*파트리크 쥐스킨트의 소설집 제목.

애서가는 맞아요. 그런데 막 1년에 몇백 권씩
이렇게 읽는 사람은 아니다 보니까, 내가 책을 많이
읽지도 않는데, 내가 뭐라고… 책을 소개하는 일을
하나….

마치 뭘 아는 것마냥, 이런 일을 해도 될까
하는 '깊이에의 강요'가 너무 심했어요. 게다가
제가 좋아하는 것만 읽는 편식 독서를 하다 보니까,
스스로에 대한 검열이 갈수록 심해지는 거예요.
지혜 님은 그런 부분에 있어 요즘은 어떠신지
궁금해요. 그때랑은 또 바뀌었을 거니까요.

지혜 지금 말씀해주신 어떤 깊이, 자격에 대한 고민
그리고 다른 사람의 평가나 시선을 의식하는 건
요즘에는 많이 줄어들었어요. 물론 처음부터
이러지 않았죠. 계기를 생각해봤는데, 책 처방을
시작한 지 6년 차라고 말씀드렸잖아요. 지금까지
만난 손님들이 1,000명이 넘거든요. 그분들이
보여주신 만족감이 저한테는 근거로 쌓여 있어요.
그러니까 이제는 내 일의 자격을 논할 때 객관적인
증거가 있는 거예요. 내가 이 일을 했을 때 좋아했던
사람들, 만족했던 사람들, 그리고 내가 고른 책으로
인생이 조금이나마 좋은 쪽으로 나아졌다고
말씀해주신 분들의 실체가 있으니까요.
어떻게 보면 '깊이에의 강요'는 실체가 없는
두려움이거든요. 내가 잘하고 싶고, 잘하는

사람이 되고 싶은데 근거가 없으니까 흔들리는 거라고 생각해요. 아직 보여준 게 없으니까요. 그런데 차곡차곡 하나씩 쌓아올리다 보니까, 그 부분에 대한 명확한 근거가 생긴 거죠. 그래서 깊이에 대해서는 예전만큼 고민하지는 않는 것 같아요. 그리고 초반엔 스스로의 자격이나 능력이 가장 중요하다고 생각했다면, 지금은 그것보다는 '성실함'과 일에 대한 '진실함'이 더 중요한 것 같아요. 그런 마음가짐을 가지고 결과물과 시간이 쌓이면, 나머지 재능은 그냥 따라오게 된다고 생각해요. 근거가 자연스럽게 쌓이게 되는 거죠. 시간이 해결해주는 일이라고 생각해요. 처음 시작할 때 느끼는 막연함이나 두려움 중에서 어떤 부분은, 계속하면 자연스럽게 해결되는 지점이 있는 것 같아요.

참새 저도 '진실함' 측면에서 굉장히 공감이 많이 가는데요. 저는 제가 유별난 문장을 써서, 혹은 아무도 모르는 책인데 내가 발견해서 독자님들이 알아주신 게 아니라고 생각해요. 그냥 저도 모르게 진심을 이야기하고 있었던 거예요. 그게 티가 났나 봐요. 어느 순간 알아주신다는 느낌을 받기 시작했고, 그러면서 독자님들이 제 증거가 되어주신 거예요. 정말로, 무슨 일을 하든 '진짜로' 하는 그 마음이 중요한 것 같아요. 어릴 때는 예술적 능력이 있어야 무언가가 될 수 있다고 생각했는데, 요즘에는 그냥 오래 하는 사람이… 최고다.

지혜 맞아요. 잘하는 것보다 오래 하는 게 더 중요하죠.

참새 예전에는 어떤 말로 화려하게 써볼지 어떻게 더 잘해볼지에 대해 생각했다면, 어떤 시점 이후로는 스스로를 어떻게 관리해야 더 오래 할 수 있을지에 대한 생각을 더 많이 했던 것 같아요. 그러다 보니 스스로 준비되어 있지 않은 것 같으면, 준비되었을 때 하면 된다는 생각을 점차 하게 되더라고요.
굉장히 자연스럽게요. 그럼에도 불구하고
제가 아직까지 극복하지 못하고 있는 부분이
무엇이냐면, 영향을 되게 잘 받는다는 거예요.

지혜 타인에게서요?

참새 네. 너무 잘하고 있는 타인을 보면요. 그를 보면서 제가 의도하지 않았는데 무의식적으로 따라할까 봐, 그걸 흡수하게 될까 봐 두렵더라고요. 그래서 애초에 안 보려고 하는 편이에요. 왜냐하면 너무 잘하면… 아무래도 신경이 조금 쓰이니까요.
지혜 님이 쓰신 책 안에 이런 문장이 있었는데요.
"새로운 서점이 문을 열었다는 소식을 접할 때마다 괴로웠다. 용기 없는 내가 너무 초라해 보였다."
저도 쉽게 영향을 받고 풀도 잘 죽는 편이라서요.

너무 잘하는 타인을 보면 어떠세요?

지혜 저도 당연히 시기, 질투 하죠. 그리고 사실 저는 잘하는 사람을 보면, 그 사람 때문에 힘든 게 아니라 그 사람을 보고 비교하는 저 때문에 힘들어요. 나도 이미 너무 잘하고 있는데, 잘하는 또 다른 서점을 보면, 거기서는 하지만 우리는 못하는 걸 찾아서 계속 비교하고 있는 거예요. 저만의 속도가 있는데, 잘하는 타인을 보는 일이 긍정적인 자극을 넘어서 저만의 페이스를 흩트리고 있다는 생각이 들더라고요. 그런 맥락에서 군산에서의 시간이 유의미했죠. 2년 동안 거의 모든 외부의 자극이 차단됐으니까요. 외부에 휘둘리지 않고 정말 저한테만 집중하면서 2년을 보냈어요. 어떻게 보면 되게 극단적인 거잖아요. 서울, 업계의 한복판에서 모든 정보를 다 받아들이면서 있을 때와, 다 끊고 내 속도로 있을 때를 다 경험해보니까 당연히 마음의 안정감은 있죠. 그런 대신에 조금 정체된다는 느낌은 있더라고요. 자극에 부정적인 측면도 있지만, 내 등을 떠밀어주는 동력으로 작용하는 부분도 있잖아요.

참새 건강한 자극은 성장하게 만들죠.

지혜 지금은 적당히 가서 보고, 영향받을 건 받고 하는 식으로 지내고 있는데요. 예전과 다른 점이 있다면, 이제는 제가 원하는 부분들이나 욕망이 무엇인지를 비교적 명확하게 인지하는 편이에요. 다른 사람들의 좋은 점을 봤을 때 부러운 마음이나 닮고 싶은 마음이 들잖아요, 너무나 자연스러운 거고요. 하지만 이제는 그런 마음이 들 때 그것이 나의 욕망과 일치하는지를 파악하려고 해요. 다른 서점에서 저희가 할 수 없는 근사한 프로젝트, 할 수 있죠. 상대적으로 우리 서점에서 못하고 있는 부분이니까 위축될 때가 있을 거잖아요. 그러면 그 기회가 똑같이 나한테 왔을 때, 내가 그걸 할 것인지를 생각해보는 거예요. 그렇게 생각해보면 근사해 보이는 건 맞는데, 그 일을 할 것 같지는 않거든요. 저에게 맞지 않는 일이니까요. 그러면 사실 애초에 부러워할 필요도 없는 일이잖아요. 누구나 그렇듯 보기에 근사한 일, 명예로워 보이는 일, 아니면 큰돈을 버는 일에 부러운 마음이 드는 건 어찌 보면 당연한 거예요. 그런데 그게 진짜 부러운 감정인 건지, 내가 원하는 걸 저 사람이 가져서 드는 감정인지를 명확하게 파악해야 해요. 보통 시기나 질투 같은 것들이 부정적인 감정이라고 판단되니까 일단 피하려고 하잖아요. 저는 오히려 직면하려고

노력해요. '나 왜 이런 감정이 들지? 왜 저 사람이 부럽고 샘이 나지?'

참새 내가 대체 무엇을 원하길래?

지혜 네, 조금만 자세히 들여다보면 애초에 노선이 다른 사람인데 왜 저걸 부러워하고 있는지 묻게 되더라고요. 그런 생각이 들면 마음이 조금 정돈되어요. 나만이 할 수 있는 게 있으니까요.

참새 '책을 처방한다'라는 독특한 콘셉트로 사적인서점 이전부터 다양한 활동을 해오셨잖아요. 기획력이 남다르신 것 같은데, 지혜 님만의 고유한 자극의 경로가 있나요?

지혜 우선 많이 보고 듣고 경험하려고 해요. 자극을 다른 사람과 다르게 받는다기보다는, 소화하는 방식이 조금 다른 것 같아요. 그러니까 모든 필터링을 제 중심으로 하는 거죠. 사적인서점의 아이디어를 가져온 것도 덴마크의 '주치의 제도'와 '1인 미용실'이었어요. "왜 1인 서점은 안 되지? 책에도 처방이라는 개념을 적용해볼 수 있지 않을까?" 이렇게 제가 하고 있는 일에 대입을 해봐요. 지금 사적인서점에서 하고 있는 정기구독 서비스 '월간 사적인서점'도 한정원 작가님의 『시와 산책』이라는 책을 읽고 구체화한 거예요. 책이 너무 좋은 거 있죠! 한정원 작가님 글을 계속 읽고 싶은데, 어떻게 하면 읽을 수 있을까 고민하다 "사적인서점에서 지면을 만들면 되잖아!" 하는 생각이 들었던 거죠.

참새 (웃음)

지혜 그래서 뭔가 어떤 자극을 받았을 때, '내가 한다면' 어떤 방식으로 하면 좋을지를 생각하는 것 같아요. 그리고 사실 기획이라는 게, 생각은 누구나 하잖아요. 사적인서점 처음 했을 때도, 저희 서점 인터뷰가 나가면 무조건 있었던 댓글이 "아, 이거 내가 하려고 했던 건데."

참새 나도 생각했던 건데!

지혜 정말 많았었거든요. 기획은 누구나 할 수 있다고 생각해요. 그걸 실현하느냐 마느냐의 문제인 거죠.

참새 내가 움직이냐, 움직이지 않느냐.

지혜 저는 무언가를 완벽하게 준비해놓고 하는 성향이 아니고, 하고 싶은 마음이 앞서는 편이거든요.

참새 실행력이 좋은 편이시군요.

지혜 일단 좋으면 저지르는 타입이죠. 그래서 만약에 참새 님이 너무 좋으면 일단 뭐라도 같이 하고 싶으니까 구체적인 기획이 나오기 전에 던져보는 거예요. "참새 님, 우리 뭐라도 해요."라고 하는 거죠.

참새 좋아요. (웃음)

지혜 완벽하게 계획을 세우고 하려고 하다 보면, 그 전까지지는 시작을 못하잖아요. 저는 '일단 해보고 싶은 마음'을 중요하게 생각하는 편이에요. 대신 이렇게 일하는 방식의 단점도 분명히 있죠. 예측할 수 있었을 부분을 예측하지 못한 상태에서 일을 두 번 하게 된다거나 하는 점이요. 하지만 10년 동안 스스로를 지켜보니까 제가 일하는 고유한 방식이 그렇더라고요. 체계적으로 계획을 세우고 할 수 있는 타입이 아니고 즉흥적으로 움직이는 타입이어서, 지금은 그걸 최대한 존중하되 보완할 수 있는 방식으로 하려고 노력하고 있어요.

참새 제가 약간… 완벽주의거든요. 그래서 저는 생각만 너무 많이 해요. 그러니 저희가 같이 뭔가를 좀… 같이 하면…

(다 같이 웃음)

좀 중화되어서 좋은 뭔가가 나오지 않을까요?

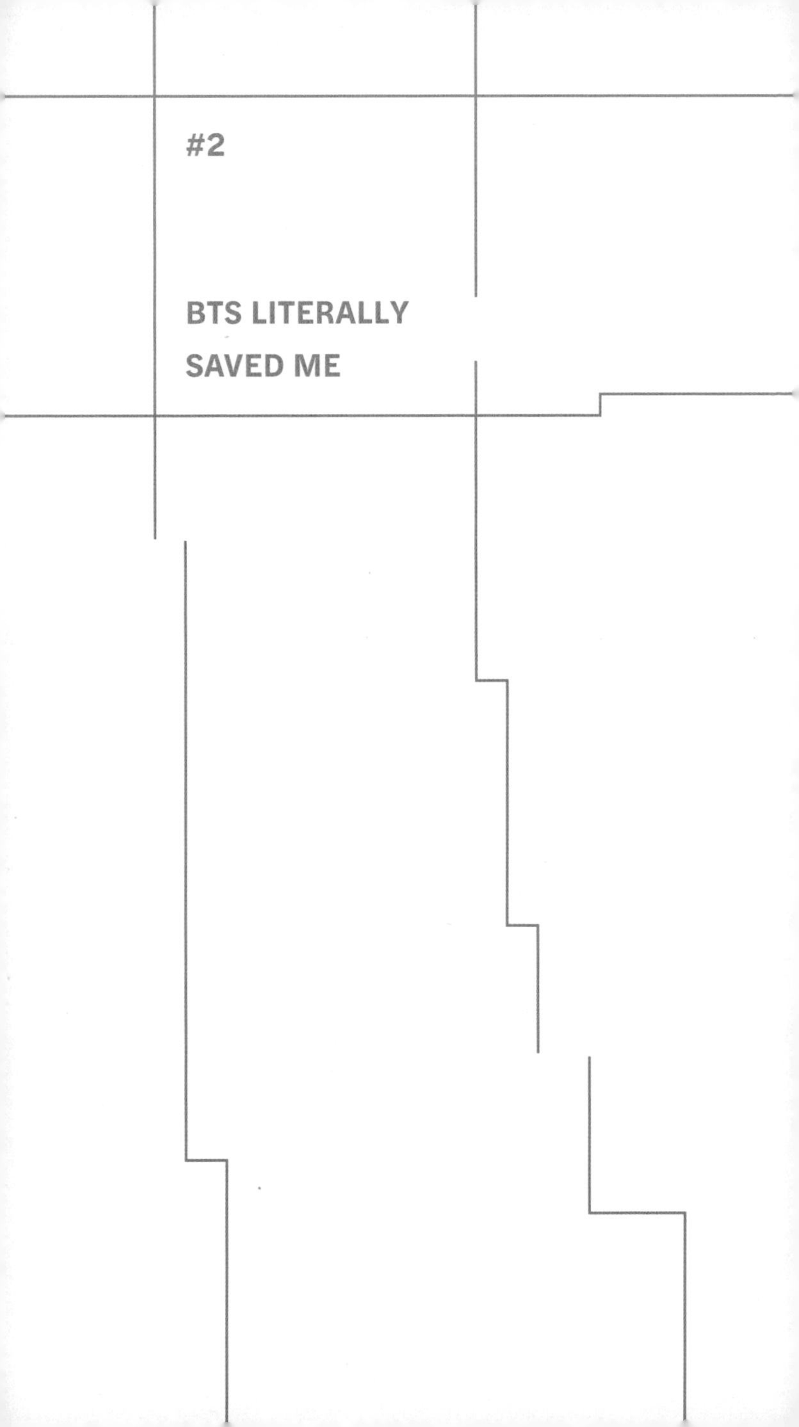

#2

BTS LITERALLY SAVED ME

불안에 대처하는 사랑에 대하여

불안에 대처하는 사랑이라는 말이,
어쩌면 처음부터 잘못된 표현인지도
모른다. 사랑 자체가 불안하니까.
언제 바뀔지 몰라서, 당장
내일에라도 끝나버려서 우리 갑자기
혼자가 될 수도 있는 일이니까.
하지만 그러다가도 새로운 사랑이
오겠지. 예측하지 못한 순간에 매번
다른 모습으로 새로운 사랑이 온다.
그렇게 우리는 계속 사랑을 한다.
이토록 불안하고 완전한 사랑을.

참새 군산 이야기까지 하면서 자연스럽게 번아웃에 대해 이야기를 조금 더 해보고 싶은데요. 저는 지혜 님 두 번째 책 『좋아하는 마음이 우릴 구할 거야』가 나왔을 때 너무너무 좋았어요. 귀여워서요! BTS를 향한 사랑과 애정을 듬뿍 담은 책이잖아요. 저는 사실 방탄소년단이라는 대상이 조금 낯설었어요. 그런데 책을 읽다 보니까 대상이 다른 거지, 향하는 마음은 닮았다는 생각이 들더라고요. 그런 말씀도 많이 들으셨을 것 같아요. 이렇게까지나 좋아할 수 있는 대상이 있다는 게 부럽다는 말이요.

지혜 네, 많이 들었어요.

참새 저한테는 아직까지는 책이 그런 존재인데, 가끔 무섭거든요. 2018년도 마마(MAMA) 수상 소감 때 진이 그런 말을 했잖아요. 해체를 고민했었다고요. 근데 그 말을 듣고…

지혜 아, 끝날 수 있다. 맞아요, 그런 생각을 하기도 했죠. 내가 사랑하는 대상이 영원하지 않을 수도 있다는.

참새 저도 가끔 세상에서 책이 없어질 수도 있다는 생각을 하거든요. 그리고 이게 내 길이 아닐 수도 있다고 늘 생각해요. 만약 그때가 되면,

내 삶에서 굉장히 많은 부분을 차지하고 있던 게 갑자기 없어지게 되는 것일 텐데, 그 이후에 어떻게 대처해야 할지 모르겠어서 두렵더라고요. 그래서 마음을 가득 주는 것도 굉장히 큰 용기가 필요한 일이라는 생각이 들었어요.

지혜 그렇죠. 잃어버릴 것을, 그러니까 끝이 있다는 걸 알고 해야 하는 일이니까요. 그런데 저는 사랑이 너무 커서, 사랑 후에 오는 것들을 무서워하지 않는 것 같아요. 사랑에 빠져버리면 판단력이 흐려지고, 앞으로 어떻게 될지 몰라도 지금 좋아하지 않으면 못 견디겠는 마음이 더 큰 거죠. 저도 요즘 그런 생각 많이 해요. 나이가 들면 들수록 눈이 안 좋아질 거 아니에요. 그러면 종이책을 읽고 싶어도 못 읽게 될 수도 있는 거잖아요.

참새 맞아….

지혜 그리고 당장 지금은 덕질을 하고 있지만, 제가 먼저 마음이 떠날 수도 있는 거고요. 아니면 반대로 그룹이 해체해서 제가 더 이상 좋아할 수 없게 될 수도 있고, 여러 상황들이 있겠죠. 제가 가장 좋아하는 말 중에 이런 게 있어요. "사랑은 늘 우리를 어딘가로 데려간다."*라는 말인데요.
사랑을 하면 사람들이 안 해봤던 걸 해보거나,
힘든 걸 감당하거나, 뭔가 무릅쓰고 시도하고
움직이게 만든다고 생각하거든요. 그 과정에서
'나'라는 사람이 분명히 변하고, 그것이 사랑의
결과물이라고 생각해요.

BTS를 좋아한 지 3년 정도 되었는데,
그 전과 후를 스스로 비교해보면 정말 많이
바뀌었거든요. BTS를 따라 빌보드나 그래미
시상식을 챙겨 보다 보니 자연스럽게 음악
취향이 바뀌었고, 좋아하는 멤버의 생일
이벤트를 위해 태어나 처음 헌혈도 해봤어요.
영어를 못해서 혼자 하는 유럽 여행은 꿈도 못
꿔봤는데, 웸블리 스타디움에서 하는 콘서트를
보겠다고 무작정 런던까지 날아갔죠. (웃음)
무엇보다 아이돌과 팬덤 문화를 바라보는
시각도 많이 바뀌었고요. 나중에 어떻게 될지는
모르겠지만, 그리고 제가 덕질을 언제까지
계속할지는 모르겠지만, 그게 끝난다고 해서
사랑했던 사실이 사라지진 않잖아요. 웸블리
스타디움에서 공연을 봤던 게 사라지는 것도
아니고, 음악 취향이 바뀐 게 사라지는 것도
아니니까요.

참새 바뀐 모습도 그대로인 거죠.

*정은, 『산책을 듣는 시간』, 사계절, 2018

지혜　그게 저의 사랑의 증거라고 생각해요.

참새　사랑의 증거라니…. (입틀막)

지혜　참새 님도 책이 서점으로 이끌어주고, 여기까지 오게 한 거잖아요. 나중에 책을 좋아하지 않게 되거나, 책을 읽을 수 없는 상황이 된다고 해서 그 사실이 사라지는 건 아닌 거죠. 그런데 두려워하시는 부분은 참 공감이 되어요. 저도 덕질 시작하기 전에는 모든 게 책이었거든요. 좋아하는 것도 책, 취미도 책, 여행을 가도 서점. 정말 책으로만 이루어진 사람이어서, 저희 남편이 맨날 저보고 책밖에 모르는 책바보라고 할 정도였는데 여기서 번아웃이 오니까 정말 당혹스럽긴 했어요. 도망칠 곳이 없으니까요. 그런데 한 가지 방책이 있어요. 그냥 사랑하는 걸 많이 만들면 되더라고요. 지금 사랑하는 게 책밖에 없어서 고민이신 거라면, 책 말고도 좋아하는 세계를 더 다양하게 만드는 거죠. 책이 나를 힘들게 하면 다른 세계로 가서 잠깐 쉬고, 그 세계가 나를 힘들게 하면 또 다른 세계를 찾는 식으로요. 사랑을 여러 가지로 만들어서 굴리는 게 요즘 저의 방법인 것 같아요.

참새　이야기를 듣다 보니 생각난 구절이 있어요.

지혜 님이 책에서도 인용하셨는데, "나는 이런 사람이라고 단정 지어버리는 순간 세계는 멈춘다."*고요. 저도 그 말이 너무 공감이 돼요. 제 사랑은 무언가를 배우는 일인 것 같아요. 배우는 일을 할 때는 제가 참새인 것도 몰라도 되고, 그냥 세상이 없어지는 기분이 들더라고요. 그렇게 탈출하는 거죠. 책 생각도 안 해도 되고, 아무것도 생각 안 해도 되는 거예요. 그러면서도 저는 약간 현실적인 걱정도 들더라고요. 왜냐하면 그걸 계속하려면…

지혜 (웃음)

참새 (같이 웃음) 돈이 그만큼 필요하니까… 덕질도 그렇지 않나요?

지혜 그런데 저는 무슨 일이든지 대가가 있다고 생각해요. 대가 없이 거저 얻어지는 일은 없을뿐더러, 그렇게 얻어지는 건 딱 그 정도의 기쁨이라고 생각해요. 그래서 조금 희생해야 하는 부분에 대해서는 크게 생각하지 않아요. 아깝지 않아요.

참새 우리에게… 책이나 BTS가 사라져도… 잘 살아갈 수 있겠죠?

*쇼노 유지, 『아무도 없는 곳을 찾고 있어』, 안은미 옮김, 정은문고, 2018

(다 같이 웃음)

저도 사랑의 증거를 많이 남기는 동시에, 사랑의 영역도 확장해나간다면 안전하고 부지런하게 마음껏 사랑해볼 수 있겠지요.

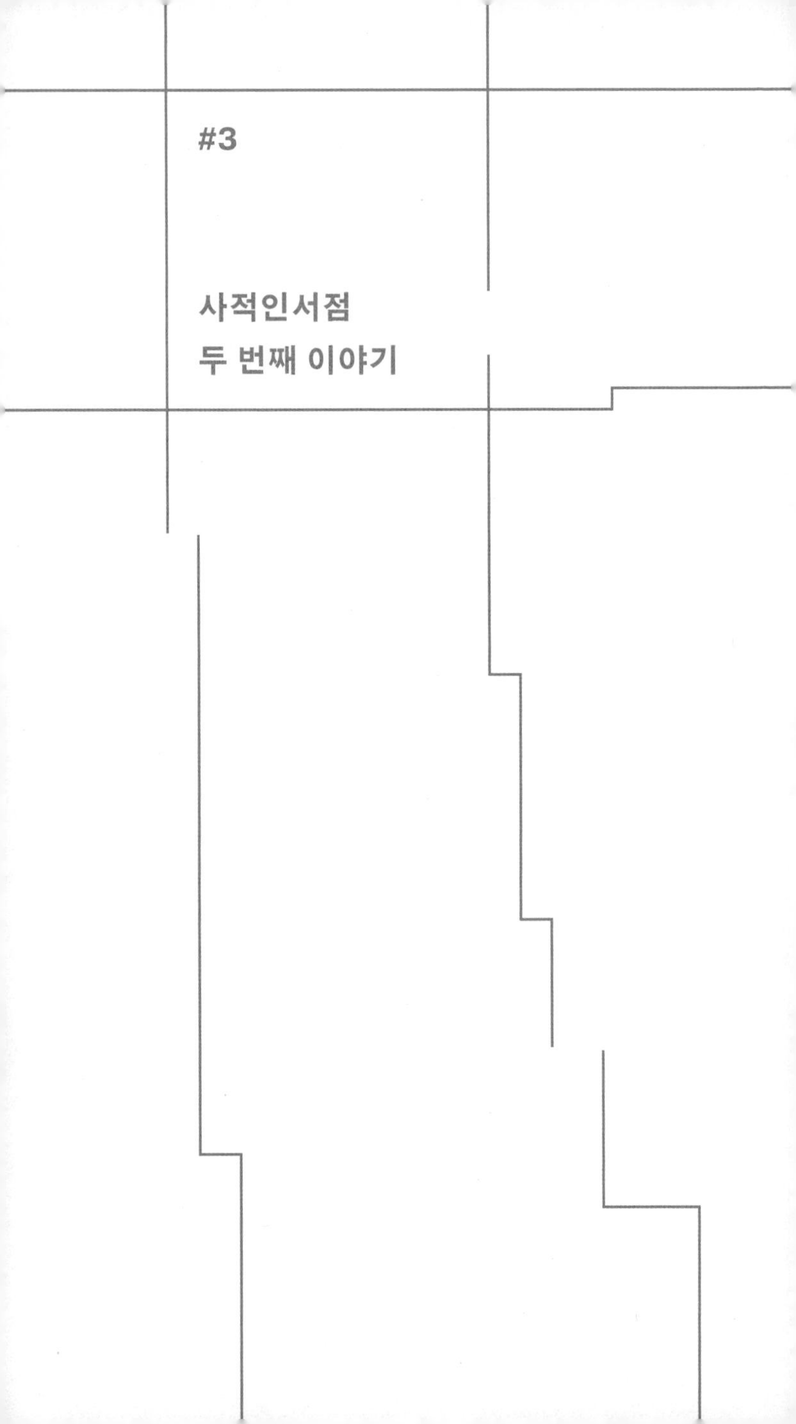

#3

사적인서점
두 번째 이야기

따로 또 같이의 시작

혼자 하는 일이 아닐수록 이기적일 필요가 있을 때가 있다. 나와 동료에게 이기적일 수밖에 없는 선택. 그래서 우리를 더욱 단단히 지켜나갈 수 있는 길. 하지만 선택은 언제나 쉽지 않고 우리는 더 많은 것을 원하기 마련이다. 현명하게 이기적일 수 있는 선택에 대해 정지혜는 말한다. "이게 끝이라고 생각하지 않는 거죠."

참새 사적인서점 시즌2에 대해서도 이야기를 해보고 싶은데요. 자기만의 것을 한다는 건 선택의 연속이지 않을까 싶어요. 무엇을 하고 무엇을 하지 않느냐에 달려 있는 것 같은데요. 어떤 것을 선택하실 때 본인만의 기준이나, 가장 우선으로 여기는 가치가 있으신지 궁금해요.

지혜 '경험치'를 제일 중요하게 생각해요. 선택은 한 번으로 끝나는 게 아니라 계속해서 생겨나잖아요. 그랬을 때 다양한 선택지에 대한 경험치가 많으면 많을수록 나만의 기준을 세우고 결정을 내리는 데 도움이 된다고 생각하거든요. 교보문고에서 시즌2를 전개한 걸 생각해보면, 그전에도 서점을 했고 다른 서점에서 일해본 경험도 있었지만, 교보문고 안에서 사적인서점을 하는 건 처음 있는 일이잖아요. 선택을 앞두고 고민이 많았죠. 장단을 따져보기도 하고요. 그런데 그건 직접 해보지 않으면 모르는 일이니까, 한번 해보고 결과값을 얻어보자는 생각으로 해요. 일이라는 건, 계속되는 실험이라고 생각하거든요. 하나의 완성된 경험이 아니고, 조건과 상황이 계속해서 바뀌는 실험인 거죠. 같은 서점 일이라도, 어떤 서점이냐에 따라 전부 다른 조건이고 일하는 시점에 저라는 사람도 계속 바뀔 거고요. 그래서 내가 어떻게 할지는 해보지 않으면 모른다고 생각해요. 일단 해보는 편이에요. 해보고, 거기서 얻게 되는 경험치를 바탕으로 다음 선택을 하는 거죠.

참새 그러면 선택 앞에서 객관적인 태도를 유지할 수 있는 방법이 있을까요? 저는 불안함이 스스로를 압도할 때가 많거든요.

지혜 요즘 저도 선택해야 하는 상황들이 되게 많아요. 사적인서점 시즌3를 준비하고 있거든요. 교보문고에서 나와서 할 수 있는 방식들에 대해 생각하고 있는 상황이라서요. 최근까지 했던 고민 중 주요했던 것은 서점의 위치였어요. 서울에서 서점을 하느냐, 서울이 아닌 곳에서 하느냐를 가지고 굉장히 많은 고민을 했죠. 그런 선택의 상황에서 저를 덜 걱정하게 만드는 두 가지 방법이 있어요.

첫 번째는, 이게 끝이라고 생각하지 않는 거예요. 전부가 아니라고요. 선택 앞에서 절박해지는 이유가, 여기서 망하면 끝장난다고 생각하기 때문이거든요. 그러다 보면 안전한 선택을 할 수밖에 없는 것 같아요. 움직이거나 시도하는 게 아니라요. 잘 못하면 끝이라고 생각하는 순간, 도전이나 모험을 할 수 없게 된다고 생각해요. 제가 읽었던 책* 중에 지금의 맥락과 비슷한 내용이 있었어요. 우리는 뭔가를 한 번도 해보지 않고 그걸 바라고 욕망한다는 거죠. 결혼을 해보지 않은 상태에서 결혼하고 싶어 하고, 서점원이 되어본 적 없는 상태에서 서점원이 되고 싶어 하듯이요. 그건 마치 운전면허가 없는데 고속도로에서 운전하는 거랑 같은 상황이라고 비유하더라고요. 그렇게 본다면 사고가 나는 건 당연한 일이잖아요. 그런데 실패하지 않으려 하기 때문에 선택이 어려운 거라고 말해주는 책이었어요. 실패는 당연한 거예요.

저도 교보문고 들어갈 때 너무 불안했어요. 대형서점 안에서 운영하는 건 처음이니까요. 그런데 처음 해보는 일이니까, 실패할 수도 있다고 생각했어요. 그리고 사적인서점 시즌3도 어떻게 해야 할지 고민이 많았는데, 좋은 결과를 내야 한다는 생각에 절박해지니까 저답지 않은 기준으로 모든 걸 판단하고 있더라고요. 그럴 때, 이게 마지막이자 끝이 아니라고 생각해요. 시즌4도 있고, 시즌5, 시즌6… 제가 하기로 한다면 끝없이 해볼 수 있는 일이니까요. 일단 실패에 대한 건

*2014년 출간된 『선택, 선택의 재발견』이 최근 절판되었다가 2021년 『선택』으로 다시 출간되었다.

기본값으로 잡고, '실패할 수도 있어. 그런데 거기서 분명히 배우는 게 있을 거야. 다음 기회가 있을 거야.'라고 생각하죠.

참새 두 번째 방법은 어떤 것인가요?

지혜 사실 우리가 피곤한 이유는, 더 좋은 선택을 하려고 해서거든요. 최선의 선택이요. 그런데 최악의 선택을 피해가는 방법도 있어요. 그러면 되게 단순해져요. 내가 무엇을 더 하기 싫고 더 견디기 힘든지를 생각하면 말이에요. 코로나 여파로 사적인서점도 매출 면에서 힘들었어요. 내가 힘들어서 일을 그만둘 수 있다는 생각은 했어도, 외부적인 상황 때문에 그만둘 수도 있겠다는 생각을 한 번도 해본 적이 없었거든요. 돈 버는 게 너무 힘드니까, 취직을 해야 하나 하는 생각까지 들었던 적이 있어요. 근데 못 벌어서 힘든 것보다, 회사 들어갈 생각을 하는 게 저를 더 힘들게 하는 거예요.

(일동 폭소)

그러니까 이 고통을 감당할 수 있겠더라고요.

참새 저는 싫어하는 게 아주 명확하거든요. 이렇게 자유롭게 활동하는 게 너무 좋지만 불안함도

크니까, 회사를 들어갈까도 생각해보면… 그게 너무 싫은 거예요. 그래서 지금을 견딜 수 있게 해주는 동력이 되더라고요.

지혜 그리고 그렇게 선택을 하게 되면, 그 고통에 대해서는 내가 책임을 져야 하잖아요.

참새 그렇죠. 제 선택이니까요.

지혜 고통의 이유가 명확하니까, 견딜 수 있게 되는 부분도 있었어요. 이유를 모를 때는 '왜 나는 하필 책을 선택해서 돈도 못 벌고 이러고 있지?'가 되는데, 내가 싫어하는 무언가와 맞바꾼 거잖아요. 자유라는 것과 안정감을 맞바꾼 거죠. 사실 자유는 너무 크고 귀한 건데, 이미 갖고 있는 거니까 당연하게 생각해요. 그러니까 내가 갖고 있는 건 못 보고 나에게 없는 것, 부족한 것만 크게 보는 거죠. 그걸 잊지 않으려고 해요.

참새 시즌1 때는 아무래도 혼자서 독립적인 공간을 운영하셨다 보니, 선택을 할 때 '나'를 위주로 고민을 많이 하셨을 것 같아요. 그런데 시즌2는 동료들과 함께 일하고 계시잖아요. 무언가를 선택하는 기준이 그때랑은 많이 바뀌었나요?

지혜 어찌 됐든 사적인서점을 꾸려가는 총책임자가 저이기 때문에 큰 틀에서의 변화는 없지만, 저의 즐거움이나 성장 외에도 동료들의 비전과 지속가능성을 함께 고려해야 한다는 새로운 기준점이 생겼죠.

참새 저는 사적인서점이 교보문고에 입점한다는 소식을 처음 들었을 때, 두 가지 느낌이 들었는데요. 첫 번째는 '엥? 사적인서점이 교보문고에?'였어요. 너무 의외여서요. 그리고 두 번째는 '허어, 사적인서점이 교보문고에 들어가다니. 너무 기쁘다!'였어요. 왜냐하면 개인에서 출발한 책방이 자본의 한 중심에 들어갈 수도 있다는 걸 몸소 보여주신 거잖아요. 새로운 가능성을 보여주신 거죠. 그런데 유동 인구와 입점의 형태가 주는 장점도 명확한 만큼 단점도 굉장히 구체적일 것 같은데요.

지혜 배운 것도 있고 잃은 것도 있어요. 접근성이 좋은 곳에서 사적인서점만의 방식으로 책을 소개하고 판매하는 것도 좋지만, 사적인서점은 역시 사적인서점다워야 한다는 걸 깨달은 시간이었어요. 손님의 입장에서도, 또 서점을 운영하는 스태프의 입장에서도요. 교보문고는 모두에게 열려 있고 영업시간이 정해져 있잖아요. 그러니까 물리적으로 저희도 그 시간에 서점 문을 열어놔야 하는 거죠. 그런데 사적인서점의 특성상 서점 외부에서 벌어지는 일들이 많은데, 적은 인원으로 매장 업무를 고정적으로 보면서 여러 가지 일을 소화하려니 너무 힘이 들었어요. 저희만의 리듬으로 일하는 게 중요하다는 걸 배운 거죠. 사적인서점이 어떻게 더 사적인서점답게 가야 하는지를 다시 한번 생각하는 계기였어요. 이 경험을 바탕으로 시즌3는 조금 더 사적인서점답게, 해보려고요.

참새 점점 더 많은 레이어가 쌓여가는 거네요. 사적인서점의 색이 더 진해질 것 같아요. 한수희 작가님의 글을 인용한 적 있으시잖아요. "꿈꾸는 일이나 시작하는 일, 그리고 시도하는 일은 중요하다. 정말 중요하다. 하지만 그보다 더 중요한 일은 견디고 기다리는 일이다. 그런데 사람은 자신이 견딜 수 있는 일을 할 때 견딜 수 있다. 아무 일이나 견디기만 한다고 다 되는 건 아니다. 그러니 견딜 수 있는 일이 무엇인지를 찾는 것, 다시 말해 견딜 수 있는 꿈을 꾸는 것, 그 꿈을 잃어버리지 않도록 소중하게 간직하고 지켜나가는 것, 그것도 못지않게 중요하다."* 교보문고에서의 시간이 내가 견딜 수 있는 꿈이 무엇인지 더 명확하게 알게 된 계기였네요.

*한수희, 『아주 어른스러운 산책』, 마루비, 2018

그런 측면에서, 사적인서점 시즌3**가 너무 기대돼요. 아, 기대는 쪼끔만 하고 응원을 많이 하겠습니다. (웃음)

지혜 참새 님, 지금 몇 년 차이시죠?

참새 독립적으로 활동한 지는 3년 차예요.

지혜 아, 정말요? 저는 훨씬 오래된 줄 알았어요.

참새 저 아무것도 몰라요. 10년 해도 모를 것 같아요. 우리는 아직도 버티는 중일까요? 그런 생각을 늘 해요. 언제까지 견뎌야 하는 거지 하고요. 언제쯤이면 무언가를 알게 될까요?

지혜 저한테 서점 관련 강의 요청이 정말 많이 들어와요. 예전에는 하고 싶은 이야기가 많았거든요. 그런데 요즘은 '나도 모르겠는데, 내가 뭐라고 이야기를 해….'라고 자주 생각해요. 9년 동안 여러 서점에서 일했는데도 말이에요. 버틴다고 이야기를 해주셨는데요, 그냥 평생…

참새 (앓는 소리)

지혜 평생 버티는 것 같아요. 사실 일뿐만 아니라 인생도 마찬가지인 거잖아요. 일을 막 시작했을

**사적인서점은 2021년 10월 8일, 성산동 한 자락에 있는 작은 공간에서 세 번째 이야기를 시작했다.

때는, 꿈이라는 게 있잖아요. 그러니까 단기적인 목표요. 서점을 하고 싶었으니, 그냥 달려가기만 하면 됐거든요. 목표가 너무 명확하게 있었으니까요. 그런데 그걸 이루고, 10년 차가 되니까 도달 지점이랄 게 없고, 지금 하고 있는 걸 잘 유지해서 오래 하는 게 목표인데요. 예전에는 큰 보상으로 여겨졌던 일들이, 요즘에는 당연하게 느껴져요. 일을 하다 보니까 익숙해진 거죠. 그러면 더 큰 자극이 있어야 하는데, 사실 그만큼 강력한 자극은 쉽게 오지 않잖아요. 이런 상태로 남은 평생을 살아가야 하는 거죠. 일도 마찬가지예요. 사적인서점 안에서도 이제 극적인 변화가 있을까 싶거든요. 어떤 자극이 원동력이 될 만큼 저를 끌어주지는 못하는 상황인 거예요. 그래서 어떻게 해야 내가 조금 더 재밌게, 즐겁게 할 수 있을까 요즘 제일 많이 생각하고 있는데요.

두 가지가 있어요. 첫 번째는 '생활인'으로서의 정지혜를 중요하게 생각하려고 해요. 번아웃이 왔던 이유가 생활인 정지혜는 없고 직업인 정지혜만 있어서 생긴 허무함 때문이라고 생각하거든요. 그런데 직업인 정지혜만 잘되어서는 즐거울 수 없고, 생활인 정지혜만 잘 지낸다고 해서도 즐거울 수 없는 것처럼, 그 둘의 균형이 중요하다는 걸 깨달은 거죠. 그래서 요즘은 일도 일이지만, 소중히 여기는 일상을 부지런히 챙기려고 노력해요. 최근에 제가 『아침의 피아노』라는 책을 재미있게 읽었는데, 거기에 이런 얘기가 나와요. 촌부한테 "얼마나 더 가야 절이 나오나요?"라고 물어보니, 촌부가 말하길 "이자뿌리고 그냥 가소. 가다 보면 나옵니다."라고 대답했대요. 저는 이 이야기가 일과 인생에 대한 은유라는 생각이 들었어요. 내가 어디까지 가야 하는지 궁금해하는 건 의미가 없는 거 같고요, 그냥 계속하는 거. 그냥 계속하다 보면 또 생기고, 변화들이 오고 하지 않을까요. 11년 차인 지금은 그 말을 등대처럼 삼으면서 가려고 생각하고 있어요.

참새 저희도… 씨앗을 잘 뿌리고 가다 보면 어딘가로 당도하겠죠? (웃음) 잘 견디고 싶어요, 정말로. 평소에 '도전'보다 '시도'라는 말을 좋아한다고 해주셨는데, 저는 모험이나 도박을…

지혜 잃을 게 없으신가 봐요. (웃음)

참새 그런가 봐요. (웃음) 제가 굉장히 열렬하게 구독하고 있는 사진잡지《보스토크》

창간호에서 빌려온 문장을 지혜 님께
선물해드리면서 오늘을 마무리해보면 어떨까
싶습니다.

지금 자네들 앞에는 두 가지 길이 있다. 하나는 모험이고 하나는 도박이다. 무엇을 택해야 할까. 우리는 웃었다. 둘 다 똑같은 거 아닌가요. 아니다. 모험은 갈 곳이 정해져 있고, 돌아올 계획도 나름대로 있다. 하지만 도박은 집에 돌아갈 차비나 다음 날 밥값 같은 것은 생각하지 않고 전부 올인하는 일이다.

시기에 따라 올인도 필요하고, 지혜 님이 말씀해주신 것처럼 나를 챙기는 시기를 가지는 것도 분명 필요한 일일 거라고 생각해요. 저는 저만의 시기가 있듯, 지혜 님도 지금의 지혜 님을 가장 소중히 그리고 아름답게 가꾸는 일이 가장 중요하겠죠.

사직인
서점

얼마 전, 찰스 부코스키의 시를 원문과 대조해서 읽는데 너무 행복해서 약간 아찔했다. 눈물이 날 것 같았다. 기분이 아니라 진짜였다. 그게 진짜라고 느끼는 나를 보면서 생각했다. '젠장, 나도 사랑할 줄 아는 사람이구나!' 무언가를 열렬히 사랑할 줄 아는 사람들을 보며 없는 꿈을 꾸는 것만 같았는데, 내가 바로 그 망할 몽상가였구나!

어쩌다 책을 사랑하게 된 나와 정지혜는 여전히 책 가까이에 닿아 있고, 둘 다 당분간은 그렇게 지낼 것 같다. 그사이 사적인서점은 세 번째 공간에서의 이야기를 시작했고, 나도 나름대로 서사를 만들어나가고 있다. 서울 성산동 한편에 자리 잡은 사적인서점과 그 안을 가득 채우는 정지혜. 너무나 알맞아 보였다. 말로 지었던 집에, 마음이 더해진 느낌이 들었다.

책이 주는 저마다의 괴로움도 있지만, 그에 뒤따라오는 아주 작은 기쁨을 자주 크게 느낄 수 있는 사람. 그래서 계속할 수 있는 사람. 그게 우리가 아닐까 하는 생각을 해보았다. 햇살이 자연스레 덮이는 작고 충만한 공간을 바라보면서 말이다.

그리고 우리는 마주 앉아 약속을 했다. 무엇에 대한 약속도 아니었다. 그저 우리 서로 마음도 몸도 다치지 않고 책 주변에 머물러보자고, 서로에게 좋은 나무가 되어주자고, 그렇게 생각하며 서로의 새끼손가락을 걸었다.

나도 모르는 용기

이슬아

사진: 류한경

1992년 서울에서 태어났다. 〈일간 이슬아〉를
발행하고 '헤엄출판사'를 운영한다. 일주일에
한 번씩 10대들에게 글쓰기를 가르친다.
수필, 칼럼, 인터뷰, 서평, 시트콤 등 장르를
넘나들며 글을 쓴다. 지은 책으로는 『심신
단련』, 『깨끗한 존경』, 『부지런한 사랑』,
『새 마음으로』, 『창작과 농담』 등이 있다.

이슬아의 서평집 『너는 다시 태어나려고 기다리고 있어』에는 이런 구절이 있다.

우리는 한 생에서도 몇 번이나 다시 태어날 수 있잖아. 좌절이랑 고통이 우리에게 믿을 수 없이 새로운 정체성을 주니까. 그러므로 기다리는 중이라고 말하고 싶었어. 다시 태어나려고, 더 잘 살아보려고, 너는 안간힘을 쓰고 있는지도 몰라. 그러느라 이렇게 맘이 아픈 것일지도 몰라. 오늘의 슬픔을 잊지 않은 채로 내일 다시 태어나달라고 요청하고 싶었어. 같이 새로운 날들을 맞이하자고. 빛이 되는 슬픔도 있는지 보자고. 어느 출구로 나가는 게 가장 좋은지 찾자고. 그런 소망을 담아서 네 등을 오래 어루만졌어.

해가 뜨면 너랑 식물원에 가고 싶어. 잘 자.

이것을 읽고 엉엉 울었던 기억이 있다. 힘들어서였을까? 눈앞의 일들이 막막해서였을까? 누가 나를 속상하게 해서, 아니면 나를 속상하게 만들 사람조차 없다고 느껴서였을까? 내가 왜 그렇게 울어댔는지는 모르겠다. 정말 다시 태어난 것처럼, 나는 마구 울었다. 얼굴을 이리저리 닦아내면서도 계속 울었다.
그렇게 그의 글을 읽고 울며 다시 태어난 순간으로부터 이렇게 멀리, 씩씩하게 걸어왔음을, 그래서 얼마나 자주 당신을 생각하는지를 꼭 말하고 싶었다. 그래서 구체적으로 말했다. 당신의 글이 왜 아름다우며, 어째서 나를 비롯한 수많은 독자를 다시 태어나게 하고, 보이지 않는 용기를 주는지 말이다.

마음의 교집합이란 얼마나 작고도 큰 기적인지. 그렇게 우리는 꽤 오랜 시간을 만나지 않고서도 서로를 위할 수 있었다.

그에게 늘 기쁨과 건강과 행복과 번영만이 있길 바랐다. 하지만 그런 일상이란 얼마나 기이한 기적에 가까운가. 그의 하루는 내가 모르는 일들로 빽빽할 것이었다. 그렇게 꽉 찬 매일이 이어질 것이었다. 그럴 때마다 나는 그에게 용기가 있어서 참 다행이라고 생각했다. 그가 언제나 용감하고 무쌍해서, 정말로 다행이라고 말이다. 그런 그를 보면서 나아가기를 반복했다. 나 역시 괜찮을 것이라고, 용감해질 수 있다고 되뇌면서. 그에게 빚진 용기를 갚고 싶었다. 전부는 아니더라도 조금은.

#1

과슬이

아득한 과거에게

지나온 시간은 아득하다. 여전히
그때에 머물러 있는 파편들을 하나씩
꺼내어보면 그런 생각이 든다.
기억조차 잘 나지 않는, 그 아득함이
조금씩 모여서 지금의 우리가
되었겠지. 내가 모르는 이슬아의
지나온 시간에 대해 알고 싶었다.
그때의 용기와 매일에 대해 물었다.

참새 이분을 두고, 무어라 소개해야 할지 고민을 참 많이 했는데요. 방금 정했습니다. '출판계의 짱!'

슬아 (빵터짐) 진짜 그렇게 말할 줄 몰랐어.

참새 작가님을 뵈러 아름다운 영월로 왔는데, 오는 길이 너무 행복했어요. 영월에는 어떤 일로 머무르고 계세요?

슬아 말하자면 장기 출장을 온 건데요. 한 3주 정도 영월군청과 함께… 뭔가를 합의해서, 이곳에서 지내면서, 그것을 소책자로 만드는 일을 하고 있습니다.*

참새 나랏일을 하고 계시는군요.

슬아 네, 나랏돈을 받고 있다고 할 수 있겠죠.

참새 너무 좋습니다. 나랏돈.

슬아 돈 얘기부터 하게 되네요. 중요하죠.

참새 (크게 웃으며) 가장 중요하니까요.

슬아가 시간에 따른 자기 객관화가 필요할 때, '과거의 슬아' - '현재의 슬아' - '미래의 슬아'라고 자신을 분열시키잖아요. 과슬이, 현슬이, 미슬이. 오늘 그 깜찍한 장치를 빌려서,

*2021년 3월 한 달 동안 강원도 영월에 머무르며 그곳에서의 생활을 담은 소책자 『이슬아 생활집 - 영월편』을 만들었다.

과거와 현재와 미래의 슬아에 대해 한번 이야기해보고 싶어요. 그런데 표정이 왜 이렇게 갑자기 어두워진 것 같죠. 아득한가요. (웃음)

슬아 과슬이라는 말을 쓴 지 너무 오래된 것 같아서요.

참새 저는 아이러니하게도 오늘을 준비하면서, 과슬이의 글을 정말 많이 읽었어요. 그러면서 무언가 다르다는 느낌을 받았는데요. 현슬이는 과슬이의 글을 자주 읽는 편인가요?

슬아 자주 안 읽는 편인데요. 저는 최근에 왜 과슬이의 글을 많이 읽었냐면, 박참새가 인스타그램에 과슬이 글을 많이 올려서.

참새 (웃으며) 아앗.

슬아 참새가 요즘 제 데뷔작들을 읽고 몇 가지를 올려주셨는데, 제가 이 인터뷰가 있다는 걸 깜빡 잊고 '참새가 왜 요즘 내 초기작들을 읽고 있지? 참새가 나 많이 좋아하나?'

참새 (나지막이) 좋아하지….

슬아 (웃음) 좋아하겠지만, 이렇게까지 좋아할 일인가. 그러다 생각해보니까 인터뷰를 준비하고 있겠다 싶더라고요. 참새 스토리를 보면서 정말 새삼스럽게 과슬이의 글을 읽어봤는데요. 물론 지나고 보면 지금도 초기에 해당하겠지만, 현재 기준으로 초기에 쓴 글들을 읽어보는데 되게 다르더라고요.

참새 스스로도 느껴지시나 봐요.

슬아 좀 더 뭐랄까, 끼를 많이 부렸다고 해야 하나.

참새 (웃음)

슬아 더 재기발랄한 면이 있는 것 같고…

참새 맞아요. 저는 과슬이의 글도 현슬이의 글도 자주 보잖아요. 그걸 같이 읽으면, 뭐랄까요. 글의 궤도가 달라졌다고 해야 할까요? 외연이 확장된 느낌도 많이 들었고요. 그리고 과슬이가 쪼끔 더… 걱정이 덜해 보이는 느낌이 들어요. 걱정을 하긴 하지만, 그 걱정의 범주가 조금 더 사적인 것 같아서 천진하다는 느낌이 들었는데요.
물론 절대적으로 현슬이 기준이고. 과슬이는 과슬이의 최선을 다하고 있었겠죠.

슬아 그렇겠죠. 그런데 과참새(과거의 참새)도…

참새 (빵터짐)

슬아 과참새도 3년 전에 쓴 글을 생각해보면 되게 많이 다를 거라는 생각이 드는데요. 20대 때는 많이 변하잖아요. 1~2년 안에도 쑥쑥 성장하고요. 사실 과슬이가 어땠는지 잘 기억이 나지 않아요. (웃음) 조금 관심이 없는 것 같기도 해요. 그런데 이렇게 다정한 친구가 읽어주고, 궤도가 달라진 것 같다고 말해주니까 좋고 반가워요. 왜냐면 되게 달라지고 싶었고, 지금도 달라지고 싶기 때문이에요.

참새 저는 좋은 글을 봤을 때, 알리고 싶어 하는 속성 같은 게 있거든요. 정말 많은 독자님들이 물어보셨어요, 무슨 책이냐고, 너무 좋다고요. 그런데 그렇게 물어보신 독자들 중 대부분이 이미 슬아의 책을 읽었던 분들이었어요. 신기하지 않아요?

슬아 그런데 참새가 조금 특이한 게, 가장 대중적으로 많이 공유된 부분 말고, 숨어 있는 듯한 문장을 잘 발견하더라고요. 그래서 참새가 흔한 독자가 아니구나, 그런 생각을 새삼 했어요.

참새 대중성이 없다, 어떡하지.

슬아 대중성이 없는 참새 파이팅.

참새 사랑하는 친구한테 물어봤어요. 나 슬아 만나러 가는데 혹시 궁금한 거 없냐고요. 그런데 궁금한 거는 없고 그냥 사랑한대.

슬아 (폭소)

참새 그러면서 덧붙인 말이, 슬아를 보면 '나' 말고 '바깥'으로 계속 향하는 일이 얼마나 아름다운지 몸소 보여주고 있는 느낌이 든다고 했어요. 제가 방금 말씀드린 '글의 궤도가 바뀌었다'는 것도 비슷한 맥락이거든요. 과슬이에게… 도대체 무슨 일이 있었던 건가요? 이렇게 빠르고 단시간 내에 확장하기란 쉽지 않잖아요, 그것도 좋은 쪽으로요.

슬아 일단 과슬이가 쓴 글은 자신과 가족, 애인, 그리고 절친들, 그러니까 한 1킬로미터 반경을 주로 다루었던 것 같아요. 사실 그 반경도 다루기 어렵다고 생각하는데요. 그래도 필사적으로 거기서 벗어나야 한다고 계속 생각했던 것 같아요. 왜냐하면 스승께 계속 들었던 이야기가, "너는 너무 너밖에 모른다."였거든요. 근데 그게 얼마나 창피합니까. 나밖에 모르고 싶지가 않으니까, 열심히 등장인물을 늘리려고 노력했어요.

그런데 글에 누군가를 데려오는 게 참 쉽지가 않더라고요. 되게 막막하고요. 진짜 많이 물어보고 많이 관찰해야 해요. 그래야 겨우 초대할 수 있어요. 그래서 인터뷰어가 된 거 같기도 해요. 그리고 제목에 제 이름이 들어간 책이 저의 데뷔작이잖아요. 근데 그런 작가들은 두 번째 책을 정말 잘 내려면 역시 필사적으로 자기를 극복해야만 한다고 느꼈어요. 『일간 이슬아 수필집』은 자신의 자아를 가공하고 편집한 작품이잖아요. 그런데 이야기를 언제나 자기 안에서만 길어 올릴 수는 없기 때문에, 그래서 열심히 확장하려고 했죠. 하지만, 어렵다.

참새 그런데 이렇게 확장을 해야겠다고 느끼는 것도 일반적이지는 않은 것 같아요. 왜냐하면 평생 자기 이야기만 하는 사람들도 많으니까요. 그래서 자꾸 주변을 둘러보고, 다양한 일에 관해서 이야기를 해봐야겠다는 생각이 드는 건 정말 귀한 마음 같아요.

슬아 그 귀한 마음을 지금 가지고 오셨잖아요.

참새 나는… 사랑하니까.

(다 같이 웃는다)

슬아　그런데 자기 얘기만 하면 너무 지겹잖아요. 내가 모르는 게 너무 많고요.

참새　저는 에세이 쓰기가 참 어렵더라고요. 왜냐하면 제 안에 할 이야기가 별로 없거든요. 그래서 이번에 저도 글쓰기 수업을 듣기 시작했어요. 내가 못하는 건지, 안 하는 건지 정말 궁금했거든요. 저도 너무 확장하고 싶어 하는 사람이거는요.

슬아　그럼 참새는 현재 독자로서의 정체성이 훨씬 강한가요?

참새　읽어서 돈을 버는 독자인 것 같아요. 읽는 게 순수한 활동이 되지 않은 지는 너무 오래됐죠.

슬아　그것과 일이 자꾸 연결되었으니까요.

참새　네, 그래서 독자는 아닌 것 같고…

슬아　잘 읽으면 본업이 되는 독자.

참새　(웃음) 맞아요, 그거예요.

　방금 인터뷰 이야기를 잠깐 해주셨는데, 인터뷰가 2019년에 〈일간 이슬아〉 개편을 하면서 신설된 코너잖아요. 쓰는 자아에서 듣는 자아가 추가된 거죠. 듣는 자아가 슬아의 확장에도 굉장히 큰 영향을 끼쳤을 것 같아요.
과슬이에게 인터뷰어로서의 경험은 어떤 의미를
가지고 있나요?

슬아 원래 듣는 것을 조금 더 좋아하기는 했어요.
듣고 물어보고, 또 듣고 되묻고 이런 과정이
좋았는데요. 그런데 데뷔를 그런 식으로 할 수는
없었다고 생각해요. 사실 제가 인터뷰어로서
주목을 받을 수 있었던 게, 인터뷰가 좋아서도
있겠지만, 그전에 이슬아라는 자아 대잔치를
해서. (웃음) 진짜 시끌벅적하게 자기소개를
한번 한 거잖아요. 그래서 저는 『일간 이슬아
수필집』 같은 저의 첫 책이 조금 징그럽고
창피하기도 하지만, 지금은 그럴 수밖에
없었다고 생각하고 있어요. 인터뷰를 하시는
분들은 정말 많지만, 인터뷰이뿐만 아니라
인터뷰어에 대한 호기심이 같이 있을 때
사람들은 대화를 훨씬 흥미롭게 읽잖아요.
시끌벅적한 자기소개를 한 다음이어서 제
인터뷰도 읽혔을 거라고 생각해요. 그리고
자연스레 듣는 시간이 조금 많아졌는데요.
사실 그전에도 반경 내의 사람들 이야기를 많이
듣고 쓴 것이긴 한데, 인터뷰는 듣는 일 자체가
장르잖아요. 하면서 알게 된 것은, 인터뷰는

절대로 내 예상대로 흘러가지 않는다는 것이에요.

참새 (뜨끔)

슬아 그리고 제가 질문하는 방식을 여러모로 반성하게 된 것 같기도 해요. 또, 이 사람의 삶의 진짜 빛나는 면이 인터뷰에 드러나지 않을 수도 있다는 것도 배웠고요.

참새 질문하는 방식에 대해 반성하게 되셨다는 건 어떤 의미인가요?

슬아 제가 중장년 노동자 선생님들을 많이 만났는데요. 그런 선생님들 만나면은, 이 사람은 어떻게 이렇게 대단하고 훌륭한 사람이 되었을까 궁금해져요. 그럼 처음엔 이렇게 물어보죠. "선생님, 어떻게 그렇게 하세요?" 그러면 "그냥 했지, 뭐." 이렇게 되는 거예요. 그러니까 제가 진짜로 진실을 발굴하려면, 다르게 치고 들어가야 한다는 걸 알게 된 것 같아요. 그 선생님은 너무 무던하게 같은 일을 강단 있게 해오신 것이기 때문이죠. 그분들의 일을 진짜로 들으려면 애초에 질문부터 디테일해야 한다는 걸 알게 된 거예요. 구체적으로 물어봤을 때, 이 사람의 방식이 구체적으로 드러나는 거예요. 제 질문이 추상적이면 답변도 추상적일 수밖에 없는 거죠. 진짜 정확하고 정교하게 물어봐야 한다는 걸 배운 것 같아요.

참새 정말 좋은 경험이었네요. 저도 질문이란 구체적일수록 좋다고 생각하는 편이지만, 가끔 짓궂게 굴고 싶어지는 때가 있기도 해요. 하고는 싶은데 막상 하기 싫은 질문 있잖아요. 되게 추상적인 질문들. "당신에게… 책이란… ?"

슬아 (빵터짐)

참새 그런데 저도 이번 인터뷰를 준비하면서는 많이 달라졌던 것 같아요. 최대한 가상의 대화를 상정하고, 내가 당황하지 않을 정도의 좁은 틀을 다 잡아놓고 구체적으로 물어보자고 생각하니까, 조금 잘 풀리더라고요. 물론 예상대로 안 된 적이 훨씬 많지만요. (웃음)

과슬이도 글을 쓰면서, 미래의 슬아에 대해 많이 상상했을 것 같아요. 그 모습과 지금의 현슬이가 많이 닮아 있나요? 그렇지 않다면 어떤 부분이 닮아 있지 않은지도 궁금해요.

슬아 저는 미래에 대한 상상을 많이 하는 편이에요. 과슬이 때는 일단 월세를 탈출하고 싶다는 마음이 제일 컸고요. 돈 때문에 하기 싫은 일을 너무 많이 하지 않았으면 좋겠다고 바랐어요. 그 두 가지는 실현이 됐죠. 월세도 탈출했고, 하기 싫은 일은 어느 정도 안 받을 수 있게 되었으니까요. 싫은 일을 안 할 수 있는 순간부터 그 사람은 부자인 것 같아요. 저는 부자 됐어요. (웃음)

참새 걱정이 덜어졌으니까요.

슬아 걱정도 덜어졌고, 사실 모두가 하기 싫은 일을 조금씩 하면서 살아가잖아요. 하기 싫은 일을 하지 않을 수 있는 자유, 그건 경제적인 자유이기도 하고 마음의 자유이기도 하죠. 그런 맥락에서 부자가 됐다고 생각을 해왔죠. 작년 즈음부터요. 저 부자입니다. (웃음)

참새 저는 제 주변 사람들이 부자 되는 게 꿈이에요.

슬아 너는?

참새 나는 그 부의 광채를 쐬려고. 나는 그냥 성실한 노동자. 네가 돈 많이 벌어줘. (웃음)

슬아 저는 참새도 부자 만들기 프로젝트에 참여하고 있습니다.

참새 너무 좋다. 여러분, 저도 많이 벌겠습니다.

과슬이는 지금보다 자주 약하고 아팠죠. 그렇게 최약체인 과슬이가 어째서 매일매일 쓰는 힘든 노동을 택했으며, 그때의 마음은 어땠는지 좀 궁금해요. 연재를 하는 과슬이의 하루하루가요.

슬아 제가 여러모로 체력이 약하긴 한데, 사실 어떤 강골을 갖다놓아도 반년 동안 매일 글 쓰게 하고 사람들에게 보여주게 시키면, 몸이 아프지 않을까 싶기도 해요. 과슬이의 하루하루는, 일단은 돈을 받았으니까 해야 한다는 마음이 엄청나게 컸고요. 물 들어올 때 노 저어야 한다는 압박감도 정말 컸어요. 이 시기가 엄청나게 중요한 성장의 시기임을 알겠으니까, 너무 잘하고 싶어서 괴로웠다… !

참새 그 단어로 다 축약되지 않을 공포도 있었을 것 같아요.

슬아 맞아요, 공포가 있었죠. 매일 글 쓰는 거는, (한숨) 별로 안 어려워요. 매일 많은 사람한테 보여주는 게 어렵죠. 일기를 쓰는 건 쉽잖아요. 살짝 미친 상태가 아니었나, 회고해봅니다. (웃음)

참새 저는 무슨 일이든, 책을 고르는 거나, 책에 대해서

쓰는 거나, 책에 대해서 말하는 거나, 편집하는 거나. 계속하면 익숙해지겠지 했는데요. (웃음)

슬아 조금 익숙해지셨잖아요.

참새 (머뭇거리며) 어…

슬아 아니야?

참새 제가 생각한 것보다는… 많이 안 익숙해졌어요. 조금 오래 걸리는 것 같더라고요. 슬아는 연재가 익숙해졌나요?

슬아 연재는…

참새 (웃음 참는다)

슬아 안 어렵다는 건 아닌데, 익숙해지죠.

참새 아, 정말요?

슬아 〈일간 이슬아〉 창간 첫날에는 아침부터 긴장됐는데, 지금은 밤 9시쯤 되어야 "쓰읍, 함 써볼까~" 이래요. (웃음) 인터뷰처럼 품이 많이 드는 원고는 낮부터 열심히 작업을 하지만요. 익숙해지는 것 같아요.

참새 일전에 우리 재능에 관해서 이야기를 나누다가,

슬아가 제게 해준 말이 있어요. 창작자한테 진짜 필요한 재능은 '끈기와 용기'라는 말요. 그 말의 여운이 무척 짙었어요.

슬아 내가 그런 말을 했어? 너무 멋지다.

참새 그렇죠. 빨리 받아 적어요. (웃음) 저는 끈기는 재능이고, 용기는 기질에 가까운 것 같거든요. 기질에 가까운 용기가 어디에서 그렇게 비롯되었는지 되게 궁금해요. 서명에도 쓰잖아요, '싸랑과 용기를 담아'.

슬아 용기에 대해서 생각을 많이 해요. 왜냐하면 창작자가 용기를 잃으면 끝장이라는 생각이 들어서요. 오만과는 또 다른 것인데, 일말의 용기 없이는 아무것도 만들 수가 없잖아요.

참새 그렇죠.

슬아 당연히 제가 보고 배운 것들, 제가 사랑받은 것들, 그런 것 때문이기도 하겠는데요. 사랑받은 경험 때문에 용기가 나기도 하지만, 사랑해본 경험 때문에 용기가 나기도 해요. 사랑해본 여러 타자들과의 경험에서 비롯되는 거죠. 그리고 아주 자잘한 성공들에서 나오는 것 같아요. 우리가 일을 하면서 겪는 되게 작은 성취들이 있잖아요.

참새 (웃으며) 맞아요.

슬아 근데 저는 그걸 꼭, 꼭 누군가한테 자랑하거든요.

참새 어, 나도.

슬아 너 누구한테 자랑해?

참새 나 그냥 다. 엄마한테도 전화해요.

슬아 나 이런 거 했다고? (웃음) 그런 것이 작은 일들이 차곡차곡 쌓여서 용기가 되는 것 같아요. 그리고 우리는 또 문학을 좋아하지 않습니까.

참새 그렇죠.

슬아 문학작품을 보면 진짜 다양한 사람의 온갖 구질구질한 삶이 있지 않습니까. 조금 먼 시선에서 보면, 사람들이 되게 애처롭고 귀엽잖아요. 그래서 어쨌거나 글을 쓸 때 다른 사람들도 나만큼 치사하고 힘들고, 음, 그리고 변태 같다는 것을 잊지 않고 쓰거든요. 그러면 용기가 나는 것 같아요.

참새 2018년에 2018년의 이슬아를 읽었다면, 마냥 재밌기만 하지는 않았을 것 같아요. 걱정을 많이 했겠죠. 그런데 말씀하신 것처럼 조금 멀리 떨어져서 보면, 다 조금씩은 애처롭고 귀엽고 우습고 하잖아요. 그 순간 용기도 생기고, 조금 더 편안하게 느껴지고요. 그래서 과슬이의 글이 진짜 재밌었던 것 같아요.

슬아 용기에 대해 이야기를 하니까 오늘 본 것을 말하지 않을 수 없겠는데요. 우리의 윤여정 선생님이, 정말 대행진을 하고 계시잖아요.*

참새 (입 틀어막으며) 네에.

슬아 윤여정 선생님의 영상을 보면 너무 좋잖아요. 너무 웃기고 감동적일 뿐 아니라 계속 울컥하는 거예요. 선생님이 계속 살아서, 오랜 삶을 살아서, 저기에 저런 모습으로 있다는 게 굉장히 큰 용기가 되더라고요.

참새 아! 무슨 느낌인지 알 것 같아요.

슬아 나도 지금 되게 별로인 점이 많지만, 계속계속 살아가다 보면, 그래서 노인이 되고 나면 지금 가지지 못한 것을 가지게 되겠구나. 지금 가진 것을 많이 잃게 되기도 하겠지만요. 그래서 일단 진짜 오래 살고 싶다고 생각해요.

* 인터뷰를 진행한 때는 2021년 4월이었고, 배우 윤여정은 아카데미 여우조연상을 수상해 화제가 되었다.

참새 좋아요. 오래 살아봐요.

슬아 오래 살아서… 같이 놀까요?

참새 같이 오래오래 해 먹읍시다.

슬아 근데 너는 체력도 약하잖아.

참새 (그저 웃는다)

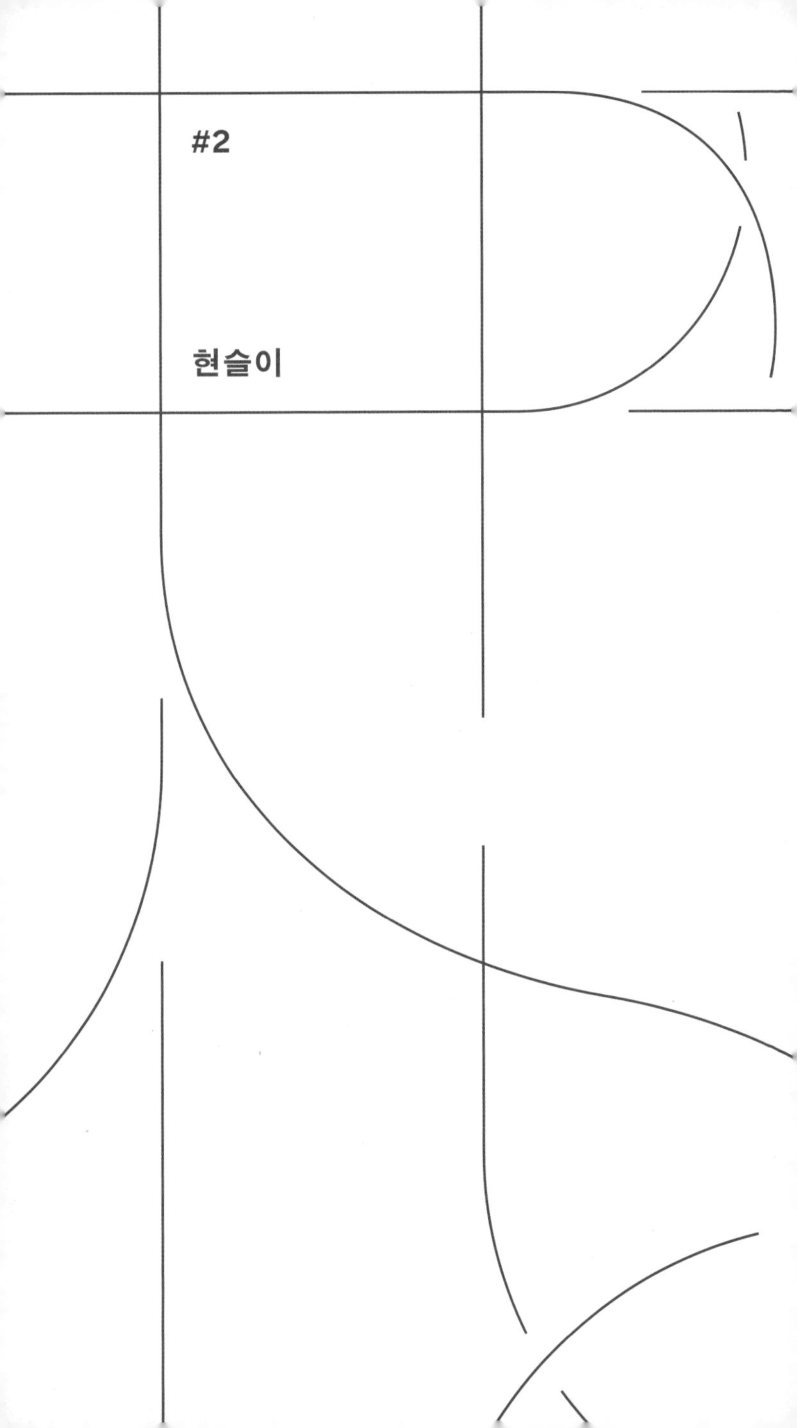

#2

현슬이

너무 가까운
지금에게

가까울수록 잘 보이지 않는다.
명확하게 그려지지 않는다. 얼굴을
너무 가까이 마주했을 때 오히려
윤곽이 더욱 흐려지는 것처럼.
당신의 얼굴을 제대로 보려면 조금
멀어져야 한다. 적당한 거리를 두고
서로를 봐야 한다. 그것이 우리의
지금이니까. 시간에 속수무책이기에
아름다운 지금이니까.

참새 이제 현슬이에 대해서도 이야기를 해보고 싶은데요. 현슬이의 가장 최근 사건 중, 조금 세다고 생각했던 게 '두루두루 아티스트 컴퍼니'에 합류하게 된 일인데요.* 어땠어요? 처음 제안 왔을 때, 놀라셨나요?

슬아 사실 제가 먼저 연락한 거예요.

참새 (진짜 많이 놀라며) 허어, 정말요?

슬아 "제가 가도 좋지 않을까요?"라고. (웃음)

참새 너무 멋있다.

슬아 네, 다시 생각해보면 용감… 했네요.

참새 그러니까요. 상상도 못한 전개예요.

슬아 그래서 사전 질문을 보고, 참새가 내가 먼저 제안받았다고 생각하고 있구나, 그리고 사람들도 그러겠구나? 내가 먼저 들어가겠다고 말했다고 한 적이 없구나. (웃음) 제가 먼저 전화했습니다.

참새 정말 작가가 나아가야 할 새로운 방향을 제시했다.

*이슬아는 '널리 아티스트를 이롭게'라는 모토를 가진 매니지먼트인 '두루두루 아티스트 컴퍼니'에 2021년 합류했다.

슬아 (크게 웃으며) 그래서 출판계의 짱이라고 한 거예요?

참새 응, 너무 짱이다. 저는 슬아가 두루두루에 들어갔다는 소식을 보고 너무 짜릿했거든요. 너무 좋은 거예요. 타인을 위한 진심 어린 축하가 이런 마음이구나 생각했어요.

슬아 그랬구나, 기뻤구나!

참새 너무 기뻤어요. 작가라는 정체성이 얼마만큼 확장될 수 있는지를 보여주는 거 같은 거예요.

슬아 출판계에서도 할 일이 많긴 한데요, 출판계에서만 소비되고 싶지 않다는 생각이 들었어요. 이것보다 소극적일 때는 '아예 소비되고 싶지 않다'고 생각했죠. 하지만 솔직히 대중예술 하는 사람이 소비되고 싶지 않다고 생각하면… 돈을 못 벌죠.

참새 그리고 이미 너무 늦었어.

슬아 맞아, 행보를 잘못 선택한 거야. 나도 참새처럼 적어도 본명이 아닌 걸로 했으면은. 내가 일간 두루미를 했으면…

참새 (빵터짐)

슬아 그랬으면, 이슬아가 조금 보호받았을 수도 있잖아. 너무 늦었죠. 너무 용감하고 참 경솔하고 그랬죠. 그래서 이왕 이렇게 된 김에 최대한 다양한 방식으로 소비되어서 완전 다 뒤섞어보고 싶은 마음이 드는 거예요. 이것저것 하고 싶은 게 많기도 하고요. 그래서 들어갔습니다.

참새 슬아, 평소에 "솔직하다."라는 말을 자주 들으시잖아요.

슬아 제일 많이 듣죠.

참새 저도 시 수업을 2월부터 계속 듣고 있는데요. 저한테 가장 많이 왔던 피드백이 "솔직하다."였어요.

슬아 근데 아니잖아요.

참새 네, 저는 솔직하지 않으려고 시를 쓰는 거거든요. 다 거짓말이고.

슬아 맞아. 뻥이잖아.

참새 (크게 웃으며) 저는 다 감추고 싶어서 못 알아듣게 이야기하는 건데, 도대체 어디가 솔직하다는 거지? 솔직해야 좋은 건가? 이게 칭찬인가? 그런 생각이 자꾸 들더라고요. 그런데 슬아도 그런 말을 들으면 계속 부정하잖아요.

슬아 네. 아니라고 부정하죠.

참새 글을 쓰며 솔직하다는 게 도대체 뭘까요? 글 안에서의 솔직함이란, 별안간 무엇일까요?

슬아 그러게요. 그럼 참새도 한번 이야기해봅시다. 솔직하지 않은 시. 참새에게 글 안에서의 솔직함이란?

참새 쓰읍…

슬아 그런데 일단 솔직함이랑 좋은 글이랑은 상관없잖아요. 솔직해서 좋은 글일 수 있고, 솔직해도 나쁜 글일 수 있고요. 그런데 제가 솔직함을 의도한 적은 진짜 한 번도 없는 것 같기는 해요. 솔직함이란?

참새 저는 제대로 뻥을 쳐보고 싶어서 썼을 때 그런 피드백이 많았어요. 솔직하고 저돌적이라고요. 나 일부러 빙 둘러서 말한 건데. 정말 독자의 반응이란 알 수 없다.

슬아 맞아. 많은 문학작품이 자전적 에세이로 읽히는 이 시대의 경향 때문에 특히 더 그런 것 같기도 해요. 그런데 솔직히 오독당하는 건 어쩔 수 없고요.

참새 그렇죠. 글이 내 손에서 떠나는 순간 끝난 거죠.

슬아 (작은 목소리로) 그런데 사실 어떻게 생각하든 상관없어요.

참새 (같이 작은 목소리로) 맞아요.

슬아 그냥 읽어주셔서 감사합니다.

참새 도덕적으로 혹은 윤리적으로 어긋나지만 않으면, 뭐, 오독되어도 상관없다.

슬아 그리고 재미없지 않다면.

참새 아….

슬아 재미는 정말 중요한 요소니까요. 솔직하다는 말이 제게 상처는 아니에요. 그런데 재미없다는 말은… (가슴팍을 움켜쥐며) 죄송합니다… 더 열심히 노력하겠습니다.

참새 창작자로서 느끼는 불안함과 초조함에 대해서도 여쭤보고 싶어요. 초조와 불안을 느끼는지, 그걸 느낄 때 어떻게 대처하시는지요?

슬아 대담의 제목이 '출발선 뒤의 초조함'이잖아요. 저는 이걸 보고 이제 막 독립자가 된 참새의 이야기이기도 하겠지만, 이슬아의 이야기이기도 하다고 생각했어요. 왜냐하면 이제 〈일간 이슬아〉 늦봄호가 출발하거든요.

참새 그렇군요.

슬아 언제나 연재 전에는 초조한 것 같아요. 이번이 4년 차의 두 번째 연재인데, 너무 여전하다고 느낄까 봐요. 발전 안 했을까 봐, 항상 초조하거든요. 그런데 사람이 그렇게 빨리 발전하지 않잖아요, 느리게 성장하잖아요. 그래서 연재 때마다 그렇게 갱신을 할 수 없는 걸 이제는 알겠어요. 그래도 너무… 좋은 글 쓰고 싶잖아요. (웃음) 너무 잘하고 싶잖아요.

참새 맞아…. 너무 잘하고 싶지.

슬아 그래서 언제나 초조하고 아쉽고 그렇지만, 이 모든 생각을 하면 한 자도 쓸 수 없기 때문에 생각을 별로 안 하는 편이에요. 저도 집순이예요. 뭔가 정말… 즐거운 곳에서 어울리지 않은 지 너무 오래됐다는 생각이… 참새는 뭐 하고 노나요?

참새 저요…?

슬아 혹시 파티 같은 데 가고 그래요?

참새 (손사래 치며) 어우.

슬아 그렇게까지?

참새 일단 저는 4인 이상 모이면, 입을 닫는 편이에요.

슬아 코로나 시대에 적합한 인간이구나.

참새 (생각한다) 뭐 하고 살지, 나?

슬아 가끔씩 좀 멋내고 사람들 사이에서 섞여 있고 싶을 때도 있잖아요, 예쁘게 입고.

참새 맞아요….

슬아 그럼 또 준비는 되게 열심히 한다?

참새 그래놓고 금방 다시 집에 와.

슬아 나를 완전히 이완시켜줄 수 있는 상대가 있었으면 좋겠다고도 생각하지만, 그런 상대는 있을 때도 없을 때도 있잖아요. 그냥 불안이랑 같이 살아가는 느낌인 거죠.

참새 불안이 디폴트다.

슬아 맞아요. 그래서 저는 요가하는 것 같아요.

참새 요가하면 조금 도움이 되나요?

슬아 네. 왜냐하면… 졸라게 힘들기 때문입니다.

참새 슬아, 글 쓸 때 생각을 다 해놓고 쓰는 편인가요? 아니면 쓰면서 생각하는 편인가요?

슬아 후자에 더 가까운 것 같아요. 쓰면서 생각하는 편. 특히 저는 세이브해둔 원고가 없으니까요. 그냥 빈 화면 딱 켜놓고 그때부터 음…. 뭐 쓰지, 생각하는 것 같아요.

참새 그럼 여러 번 고쳐보기도 하시나요?

슬아 책 만들 때는 여러 번 고치는데, 연재는 고칠 시간이 별로 없잖아요. 그래서 오타도 되게 많고, 다시 읽어보면 비문도 좀 있는 편이에요.

참새 책은 또… 너무… 물성이 있는 무서운 존재이기 때문에 많이 만져야 하는 것 같아요.

슬아 맞아요. 그런데 저는 그 시기가 너무 좋아요. 제가 쓴 글이 있고, 퇴고를 하는 그 과정을 제가 출판에서 가장 좋아하는 것 같아요.

참새 왜요?

슬아 왜냐하면 이미 곳간에 뭐가 가득하니까.

참새 아, 더 안 써도 되니까?

슬아 재료가 엄청 충분하고, 저한테 다듬을 능력이 있잖아요. 윤문도 굉장히 빨리하는 편이라, 너무 좋은 거지.

참새 가장 퇴고가 즐거웠던 책을 한 권 꼽자면?

슬아 『부지런한 사랑』인데요. 문학동네의 이연실 편집자님이랑 같이 만든 것이라서 출판의 어렵고 번거롭고 힘든 일은 편집자님이 다 해주시고, 저는 작가로서 해야 하는 일에만 집중할 수 있었거든요. 그래서 너무 즐거웠어요. 헤엄출판사에서는 제가 모든 걸 총괄하면서 교정을 봐야 하니까, 하나에만 집중하기는 어렵죠.

참새 그럼 현슬이가 2021년 4월 27일 화요일의 이슬아를 한번 진단해본다면? 성공한 것 같나요?

슬아 이 질문 너무 웃겨요. (같이 웃고) 현슬이는…

일단 행운이 되게 많았죠. 성에 차지 않는 일들이 많지만, 그래도 빠르게 이뤘죠. (잠시 머뭇하더니) 그런데 제가 성공했다는 말을, 농담으로 하는 걸 진짜 좋아해요. 복희와 웅이*가 저더러 "역시 성공한 애는 달라." 이 대사를 하는 게 저희 집 유행어거든요. 그래서 제가 뭐만 하면은, 특히 재수없는 순간에 "역시 성공한 애는… 달라." 그래서 복희와 웅이가 한심한 짓 같은 것 하면은, "이래서 당신들이 성공 못하는 거."라고 농담하죠. 그러면서 셋이 깔깔대고 웃어요.

참새 (크게 웃는다)

슬아 "성공? 그래서 안 되는 거야. 성공하고 싶어? 성공하고 싶으면 내 말만 따라." (웃음) 우리 사이에 성공이 진짜 농담인 거죠. 문학적으로 대성공을 했는가 하면, 그런 건 아니죠. 갈 길이 너무 멀지만 여러 가지로 행운이 따랐던 것 같아요.

참새 (무언가 생각이 난 듯) 어, 그거 같다. 윤여정 선생님이 좀 더 럭키했다고 한 거.

슬아 아, 맞아. 맞네. 운이 좋았을 뿐이라고.

참새 같이 운이 좋았다. (웃음)

*이슬아는 어머니와 아버지를 이름으로 부른다.

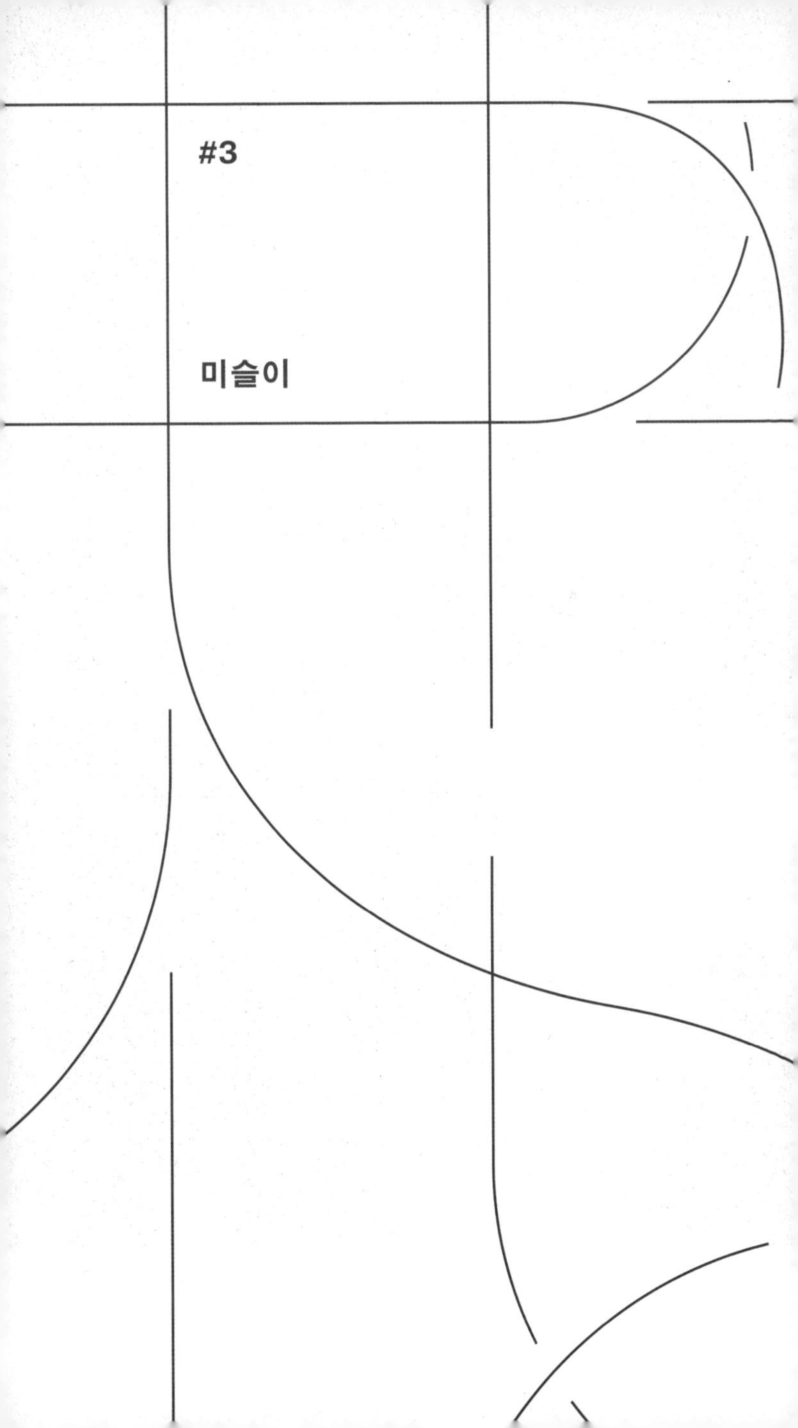
#3
미슬이

잘 모르겠지만,
다채로울 미래에게

미래를 가늠해보는 일은 일종의 금기와도 같아서 약간 아찔하고 좋다. 지금과 너무 달라도 안 될 것 같고, 지나치게 같아서 지겨워져버려도 안 되니까. 우리의 궤도가 어떤 진폭으로 달라질지 모르겠다. 그 궤도에서 잘 안착하게 될지도 미지수다. 하지만 이슬아라는 행성은 어디에서든 제 빛깔을 찾을 것만 같다. 그때도 우리가 너무 멀지 않기를 바라면서, 나는 그저 궁금해할 뿐이다. 기꺼이, 기쁜 마음으로.

참새　이제 마지막으로 미슬이에 대해서 이야기를 한번 해볼까 하는데요. 미슬이가 올해 늦봄호를 마지막으로 연재를 잠깐 쉬기로 했잖아요.* 다른 더 많은 일들을 하고 싶어서 내린 결정이라고 덧붙여주셨는데, 연재를 멈춘다는 자체에 대한 두려움이나 공포, 내지는 독자들을 향한 죄송함 같은 건 없었나요?

슬아　음, 일단 죄송함은 전혀 없고요.

참새　앗, 그렇구나. 전혀 없다.

슬아　빚진 것도 없으니까요. 안 만나도 미안하지 않은 사이인 것 같고. 근데 만나면 너무 반갑죠. 구독해주시는 건 완전 감사하죠. 연재를 최초로 멈출 때에는 용기가 필요했던 것 같아요. 실력보다는 성실함으로 승부 보는 프로젝트라고 스스로 생각했었거든요. 그래서 멈추면, 그렇게 탁월하지도 않은데 성실함을 덜 보여주는 것 같아서 불안했던 거죠. 하지만 이젠 그렇게 무리해서 하면 심신이 여러모로 약해진다는 걸 깨달으니, 무리를 안 하게 되었어요. 그 이후로 〈일간 이슬아〉는 갈수록 주기가… 뜸해졌죠.

참새　느슨해졌죠.

*이후 〈일간 이슬아〉 2022년 가녀장 특집호로 컴백했다.

슬아 앞으로도 느슨하게 하고 싶어요.

참새 좋은 것 같아요. 상반기 하반기 어때요?

슬아 근데 그러면 '일간'이슬아라는 말이 너무 무색하잖아요.

참새 그럼 계간.

슬아 이미 계간이 되었긴 해요. (웃음) 그러면 계간 이슬아로 하겠습니다.

참새 아니면 가끔 이슬아…

슬아 그냥 연간 이슬아 하든지 하겠습니다.

참새 그럼 연재를 하지 않고 하겠다던 다른 일에는 어떤 게 있는지 조금만 귀띔해주실 수 있을까요?

슬아 네, 일단 멋진 걸 말씀 못 드려서 죄송한데 이사를 합니다.

참새 너무 중요하죠.

슬아 아시다시피 이사는 정말 큰일이잖아요.

참새 너무 골치 아프고요.

슬아 그리고 만들어야 할 책이 많아요. 하반기에 남궁인 선생님과 함께한 서간집도 나와야 하고, 헤엄출판사에서 인터뷰집 두 권도 나와야 하고*, '위고출판사'와 함께하는 아무튼 시리즈도 얼른 나와야 하고요.

참새 『아무튼, 노래』요.

슬아 응, 사실 이것만 해도 너무 많은데요. 여력이 된다면, 저의 동생 이찬희와 함께 만든 곡들이 다섯 곡이 되는데 그것을 소곡집처럼 만들고 싶은 마음이 있어요. 하지만 아마 올해 안에 못하겠죠.

참새 "이슬아 앨범 내나요?"라는 질문이 있었는데.

슬아 아마 2022년에 내게 될 것 같아요. 두루두루 아티스트 컴퍼니에서.

참새 저는 미슬이가 가지게 될 N잡이 너무나 궁금해져요. 왜냐하면 한순간에 작가를 그만두고, 물론 완전히 그만두진 않겠지만, 모델이 되어도 놀라지 않을 것 같고, 가수가 되어도 놀라지 않을 것 같고, 요가 선생님이 되어도 놀라지 않을 것 같거든요. 미슬이의 N잡에 대해서 어떻게 생각하시는지요.

* 서간집은 『우리 사이엔 오해가 있다』로, 인터뷰집은 『창작과 농담』, 『새 마음으로』로 각각 출간되었다.

슬아 그렇군요. 궁금해해주셔서 감사합니다. (웃음) 그런데 미래에도 글쓰기가 가장 잘하고 싶은 일일 것이에요. 화보 촬영도 제게 다른 형태의 편안함과 즐거움을 동시에 주기 때문에 종종 하고 싶다는 생각이 들고요. 그리고 노래는 계속 나의 즐거운 취미였으면 좋겠다고 생각하고…. 근데 찬희랑 같이 작업을 할 때 잘 만들고 싶다는 생각은 해요. 어제 제가 찬희한테 의뢰한 곡이 도착했는데, 여태 준 곡 중에 제일 좋은 거예요.

참새 어머, 어머.

슬아 멜로디만 줬는데, 너무 좋아서 조금 울었어요. 찬희랑 이걸 계속하고 싶다는 생각을 했죠. 근데 저에게 그건 그렇게까지 대단한 재능이 아님을 알기 때문에 즐거운 취미의 영역으로 두고 싶고요. 요가 지도자는… 작가 생명이 혹시나 불미스러운 일로 끝나게 되면 요가원을 차릴 것입니다.

참새 저는 그럼 그 요가원을 다니겠습니다. 그때가 되어야 몸을 움직이겠다는 말이죠.

슬아 (안 되겠다는 표정으로) 선생님.

참새 그러면 이제 진짜 마지막으로, 현슬이가

미슬이에게 보내는 충고가 있을까요?

슬아 충고라… 해주고 싶은 말이 너무 많은데. (잠깐 생각하더니) 그런데… 미슬이가 저한테 하고 싶은 말이 더 많지 않을까요?

참새 아, "너 그거 하지 말았어야 돼." 하고요.

슬아 어쩌려고 그래. (웃음) 그럴 것 같기는 한데, 제가 감히 미슬 님께 한 말씀 올려보겠습니다. 미슬 님께서는 저보다 현명한 존재이실 거라고 생각하고요. 저는 미슬이가 두 가지 함정에 빠질까 봐 걱정이에요. 너무 많은 사람들 얘기 듣다가 겁쟁이가 되거나 너무 오만해지고 고집스러워져서 사람들 말 안 듣는 미슬이가 될까 염려돼요. 그러니까 겁쟁이도 아니고 잘난척쟁이도 아닌 사람으로 재밌고 좋은 것을 쓰기를 바라고 있어요. 그래서 미슬이에게 하고 싶은 말은, 파이팅밖에 없는 것 같습니다.

참새 파이팅.

슬아 미슬이 파이팅~!

참새 미슬이의 인터뷰도 제가 할 수 있으면 너무 좋을 것 같고요, 그때는 이렇게 소개하겠습니다.

슬아 뭐라고요?

참새 출판계의… 윤여정.

(다 같이 웃는다)

그리고 이건 진짜 좀… 사담인데요. 진짜 궁금했던 게, 이건 제 착각일 수도 있어요. 그런데 제 느낌상… 슬아가 왜 이렇게 날 좋아하지… ? (일동 폭소) 나를… 왜 이렇게 유별나게?

슬아 편애하지, 라고요.

참새 제가 서점에서 일했었잖아요. 전국에 있는 책방은 수천수백 개고 거기에 종사하시는 분들은 더 셀 수 없이 많을 테고, 이슬아의 책을 입고하지 않은 책방을 찾는 게 빠를 정도였고, 저마다 고유의 정성과 어떤 마음을 들여서 소개하는 것은 다 똑같았을 텐데… (잠시 머뭇하더니) 왜 이렇게 나를… (웃음) 물론 너무 좋았죠, 좋았는데. 저는 나에게 배당이 되면 안 될 것만 같은 큰 사랑을 받을 때 조금 의심하게 되거든요.

슬아 왜 의심했어. 그런데 저는 확실한 이유가 있어요.

참새 진짜요?

슬아 모든 사랑에는 이유가 있습니다. 일단 첫 번째로는 이게 가장 큰 이유인데요. 여러분, 〈참새책책〉이라는 팟캐스트 방송을 아시는지 모르겠지만, 그 방송의 1화가 저에 관한 것이었어요. 사실 저에 관한 리뷰가 참 많잖아요. 진짜 인상적인 리뷰들을 이미 많이 본 상태였지만, 그럼에도 불구하고 제 서평집에 대한 참새의 서평은 진짜 원톱이었어요.

참새 (입을 진짜 틀어막는다)

슬아 저는 그 방송을 듣고, 이렇게 정확하게 이해를 받다니 정말 영광이다, 이런 사람이 한 사람만 있어도 이 지랄맞은 연재를 계속할 수 있을 것 같은데, 그 사람이 심지어 팟캐스트를 하고 있어서 그 이야기를 막 널리 퍼뜨리고 있는 거예요. 제가 그렇게 잘 다루어졌다는 게 너무 좋았어요. 그래서 이 사람이 너무 좋아져버린 거죠. 이 사람이 책을 읽고 소화하는 방식이 너무 정성스럽다고도 생각했어요. 그 이후로 〈참새책책〉을 찾아 듣고, 참새가 하는 활동을 보면서 응원하는 마음이 무럭무럭 자라고. 그리고 참새가 저한테 처음 메일 보냈을 때 기억해요?

참새 그럼요, 기억하죠.

슬아 우리 아무 사이도 아니었거든요. 근데 그 메일의 첫 문장이 "슬아"라고 저를 부르는 거였어요. 그렇게 부르고 싶다고, 제가 좋아할 걸 알 테니까. 실제로 그렇기도 하고요. 그게 얼마나 다 꼼꼼하게 읽고 그 책장 너머로 저를 간파했다는 것입니까. 그렇게 파악당하는 거는 너무나 황홀한 일인 것 같아요. 참새한테 해석당하는 모든 작가는 진짜 영광이라고 생각합니다. 〈참새책책〉 때문에 참새를 편애하게 되었습니다. 그리고 두 번째는, 참새 얼굴을 몰랐어요. 그런데 참새가 이렇게 미인일 줄 몰랐던 거예요.

참새 (독자님들이) 보고 있는데에!

슬아 (웃음) 미인이 아니어도 좋아하려고 했는데, 미인이어서 더 좋아하게 됐습니다. 네, 이상 얼빠의 사랑이었습니다. 얼평해서 죄송합니다.

참새 그 방송을 처음 만들고, 아까 두루두루한테 먼저 연락했다던 것처럼, 저도 먼저 메일을 보냈어요. 들어달라고.

슬아 맞아.

참새 내가 이렇게 열심히 했으니까 좀 들어줘, 나 좀 잘한 거 같거든. 근데 진짜 들어주시고 답장도 해주신 거예요. 너무 고마웠죠.

슬아 근데 참새가 아까 용기가 기질인 것 같다고 말했는데, 참새한테도 되게 좋은 용기 같은 게 있다고 느껴요. 내가 만들어달라고 하지도 않았는데, 자기가 만들어놓고 나보고 들으라고 메일을 보냈어. 근데 그게 되게 좋은 거야. 안 알려줬으면 제가 몰랐을 거 아니에요. 그리고 참새가 독립자가 되었을 때, 저한테 메일을 보내면서 "혹시 제가 도울 일이 있거나 할 수 있는 일이 있다면 알려주세요, 저는 생각보다 잘하는 게 많답니다."라고 했잖아요. 그런데 저도 그렇게 하거든요. 참새도 이렇게 하는구나. 우리는 이런 점에서 약간 닮았다. 먼저 나를 쓰라고 하는구나. 물어보지도 않았는데. (웃음)

참새 사실 작년에 너무 힘든 순간이 많았어요. 정말 열심히 하는 것 같은데, 제대로 된 보상이 없는 것 같은, 없을 것 같은 느낌이 너무나 크게 왔어요. 그냥 그만하고 싶은 거예요. 왜냐하면 아무도 저한테 이런 일을 해달라고 요청한 적이 없잖아요, 그냥 제가 한 거죠. 그래서 누굴 탓하지도 못하겠고, 그런데 멈추자니 이 일이 너무 좋고요. 그럴 때마다 슬아가 윤여정 선생님의 존재만으로도 뭔가 힘을 얻는다는 것처럼, 저도 슬아를 생각하면… 저기까지는 조금 더 나아갈 수 있겠다, 조금만 더 해보자, 그런 생각을 늘 했거든요. 저한테는 이미… 윤여정이세요.

슬아 (폭소) 아 진짜. 오늘 왜 이렇게 웃기냐.

참새 아무튼 마지막 질문으로는 꼭 이걸 물어보고 싶었어요. 왜 날 좋아했어?

슬아 내가… 왜… 좋아?

참새 뭐가… 어떤 게 좋아?

슬아 구체적으로다가.

참새 다시 한번 얘기해줘.

슬아 저 되게 구체적으로 얘기했죠.

참새 네, 그래서 너무 좋아요. (웃음)

저는 그냥 감사해요. 계속해줘서요. 비단 연재뿐만이 아니라, 여러 가지 활동 자체를 계속해주셔서 정말 고맙고요. 존재만으로도 정말 희망도 느끼고 다행이라고도 느껴요. 슬아를 비슷한 다른 멋진 여성 선배들을 보면 항상 그런 안도감을 조금 느낄 수 있어요.

슬아 길을 잘 닦아놓을게요. 그리고 일도 조금 나누면 좋을 것 같아요. 제가 너무 바빠서 못하는 일 참새한테… 그런데 이미 많죠?

참새 아뇨. 주세요.

슬아 그러면… 비싼 일만 줄게요.

참새 너무 좋아. 최고다.

슬아 (웃음) 열심히 해보겠습니다.

참새 그럼 이제 정말 마지막 질문이에요. 계속하고 있는, 혹은 계속해보려는 사람들에게 슬아는 어떤 것을 주고 싶나요? 그게 말이든 마음이든 몸짓이든 상관없어요. 그냥 지금 당장 떠오르는 것.

슬아 진짜 생각을 안 해봐서 생각을 좀 해볼게요.
(중얼거리며) 음, 계속하려는 사람…

계속하려는 사람… 계속하려는 사람들에게 주고 싶은 것은, 〈요가소년〉 유튜브 채널 링크입니다.

참새 그럴 줄 알았어. 체력이라고 말할 것 같았어요.

슬아 (잠시 생각하더니) 저 진짜 〈요가소년〉과 아무런 관계도 없습니다. 그런데 요가소년 선생님 너무 좋아하고 사랑합니다.

참새 일단 저부터 체력을 한번 길러보도록 하겠습니다.

슬아 오늘 제 얘기도 얘기지만, 참새의 이야기를 들을 수 있어서 기뻤어요. 그리고 참새가 저를 응원해주고 저에게 좋은 일이 생겼을 때 진심으로 같이 기뻐해주고 축하해주는 동료라고 느껴졌어요. 그런 친구가 드물 수도 있잖아요. 근데 이제 저는 친구가 잘되면 진짜 좋거든요. 이타적인 마음 때문에 축하하기도 하지만, 진짜 이기적인 마음으로 봐도 친구가 잘되는 건 정말 좋은 일인 것 같아요. 아까 부의 광채를 쐰다고 했잖아요. 분명히 친구가 잘되면, 나한테도 좋은 일이 일어나요. 그래서 저는 좋아하는 사람들이 모두 덩달아 잘되는 그런 물결에 같이 있고 싶고, 서로 많이 돕고 싶습니다.

참새 오늘 영월까지 초대해주셔서 너무 감사해요. 저희 하루 자고 갈 거거든요.

슬아 막걸리도 마실 거예요.

참새 사실 이건 굉장히 공적인 대화였어요. 그렇지 않아 보일 수도 있었겠지만, 굉장히 공적인 대화였고요.

슬아 사적인 대화는 이제부터 하려고 합니다.

그렇게 우리는 차마 옮길 수 없는 기나긴 이야기를 이어나갔다. 온갖 채소가 가득한 봄나물 비빔밥과, 복희가 가져다준 밑반찬과, 영월의 맑은 공기를 닮은 막걸리와, 메밀전병과 양배추전과 함께 말이다. 아마 비슷한 이야기였겠거니, 생각해본다.

내게 이슬아는 늘 멀리 있지만 가까이 있는 느낌이다. 그가 말했듯 비슷한 용기로 연결되어 있기 때문이라고 믿는다. 같은 시간 속에서, 아주 다른 삶을 살고 있는 우리지만 언제나 서로의 최선과 최고를 바라는 연결. 그렇게 나는 오늘도 그가 하루를 이겨내길, 무쌍한 용감함으로 무사히 마감을 넘기길 바랄 뿐이다.

용감해지렴. 용기야말로 생명의 열쇠니까. 결코 자신을 비하하지 마. 너의 자랑스러운 모습을 언제나 당당히 기억하기를.

고우야, 외롭니. 고독은 너와 나보다 훨씬 더 훌륭한 사람들에게 주어진 운명이란다.

건강하렴.

너의 친구로부터

『슬픈 인간』

나쓰메 소세키 외,
정수윤 옮김, 봄날의책,
2017

출발선 뒤의 초조함

1판 1쇄 펴냄 2022년 3월 23일
1판 2쇄 펴냄 2023년 3월 30일

지은이 박참새
기획 ANTIEGG 집무실

편집 김지향 정예슬 황유라
교정교열 안강휘
디자인 김재하
사진 여나영 류한경
영상 김예은
미술 이미화 김낙훈 한나은 김혜수
마케팅 정대용 허진호 김채훈 홍수현 이지원 이지혜 이호정
홍보 이시윤 윤영우
저작권 남유선 김다정 송지영
제작 임지헌 김한수 임수아
관리 박경희 김도희 김지현

펴낸이 박상준
펴낸곳 세미콜론
출판등록 1997. 3. 24. (제16-1444호)
06027 서울특별시 강남구 도산대로1길 62
대표전화 515-2000
팩시밀리 515-2007
편집부 517-4263
팩시밀리 515-2329

ISBN
979-11-92107-52-3 03810

세미콜론은 민음사 출판그룹의
만화·예술·라이프스타일 브랜드입니다.
www.semicolon.co.kr

트위터 semicolon_books
인스타그램 semicolon.books
페이스북 SemicolonBooks
유튜브 세미콜론TV